写给成年人的话

在孩子们的世界里,充斥着大量的童话故事。那些故事都非常迷人可爱、天马行空,有时(尤其是对于成年人而言)还富有哲思。即使在我们这个越来越物质化的时代,孩子们和成年人在阅读这些故事的时候,心中也会充满喜悦,为安静和沉思保留了一席之地。

然而,如果深入研究,我们就会发现,二十世纪的青少年,尤其是大城市中的青少年,特别是男孩儿,一旦褪去了最初的童真,就不再阅读童话故事了。取而代之的是闪闪发光的屏幕,它们根本不似古老的童话故事或者我们小时候所迷恋的木偶戏那样诗意,那样直击内心。

时代变了!这是一件令人遗憾的事,但很难挽回。二十世纪的孩子有着强烈的现实感和对科技的偏爱,他们每天都会与之密切接触——至少在大城市。因此,他们宁愿玩机械火车也不愿玩曾经让我们喜欢的木制玩偶；宁愿阅读现代技术奇迹和惊心动魄的冒险故事，也不愿阅读小红帽的童话故事。他们的现实感会将童话故事判定为无稽之谈，只有我们这些成年人才会重新开始欣赏其中的象征意义。

出于这样的考虑，我创作了这本书。在某种程度上，本书是科学童话：童话只是形式，它的核心是简单的科技知识，如果孩子们有兴趣读读这本书，他们会在娱乐的同时学到很多东西；书中语言风趣幽默，同时还夹杂着一些道德教育的成分。

二十年前，当我第一次尝试以这种方式创作童话时，几篇样稿获得了普遍的好评，大家都期望我能出版一整本此类故事，于是我的心中便埋下了写作这本书的种子。在和平岁月里，我没有时间去写书，而后却在漫长的战争年代，在"法国的火炉边"[①]把它创作了出来。我希望，这些在战争中构思，在革命时期写下来的故事能给德国的孩子们带来一点欢乐和一点阳光，他们对时代苦难的感知并不亚于我们这些大人。

布鲁诺·H. 柏吉尔
波茨坦附近的纽巴贝尔斯堡[②]

[①] 指德法战争时期，德国作家理查德·沃尔克曼创作的童话《法式壁炉前的遐思》。
[②] 1939 年起归属波茨坦。

Die seltsamen Geschichten des Or. Ulebuhle

乌拉波拉故事集

[德]柏吉尔 著
张董 译

万卷出版有限责任公司
VOLUMES PUBLISHING COMPANY

图书在版编目（CIP）数据

乌拉波拉故事集 /（德）柏吉尔著；张奠译. —沈阳：万卷出版有限责任公司，2023.1（2025.3重印）
ISBN 978-7-5470-6042-1

Ⅰ.①乌… Ⅱ.①柏… ②张… Ⅲ.①童话—作品集—德国—现代 Ⅳ.①I516.88

中国版本图书馆CIP数据核字（2022）第126192号

出 品 人：王维良
出版发行：万卷出版有限责任公司
　　　　　（地址：沈阳市和平区十一纬路29号　邮编：110003）
印 刷 者：辽宁新华印务有限公司
经 销 者：全国新华书店
幅面尺寸：145 mm×210 mm
字　　数：180千字
印　　张：8
出版时间：2023年1月第1版
印刷时间：2025年3月第9次印刷
责任编辑：王　越
责任校对：张　莹
封面插图：周语尘
封面设计：仙　境
版式设计：李英辉
ISBN 978-7-5470-6042-1
定　　价：35.00元
联系电话：024-23284090
传　　真：024-23284448

常年法律顾问：王　伟　版权所有　侵权必究　举报电话：024-23284090
如有印装质量问题，请与印刷厂联系。联系电话：024-31255233

目 录

001　　写给成年人的话

001　　关于乌拉波拉博士

006　　沉没的城市

016　　小水滴的故事

031　　幽灵海因里希

046　　钻石和它的兄弟们

059　　一棵老树

064　　神奇的约翰

078	火柴和蜡烛
090	世界末日
094	潜水员约翰·多兰德
119	心脏与怀表
125	月球上的一天
146	燕子和电报杆
154	冰山
164	胸针
175	死亡之瓶
191	太阳休假
198	琥珀
203	风暴兄弟
227	神奇的世界

关于乌拉波拉博士

亲爱的小朋友们,在你们阅读乌拉波拉博士的故事之前,你们肯定想知道这些故事是怎么来的,乌拉波拉又是谁。事实上,这根本就不是他的名字,孩子们从来不知道他的真名是什么,或者,他们是忘记了他的名字。但我知道的是,他是一个古怪的家伙,就像人们给他起的名字那样古怪。

在哈尔茨山长满冷杉的斜坡上,有一座古老的帝国小镇戈斯拉尔。小镇里有着古老的尖塔、奇怪的拱门和狭窄的街道。有一条老街位于梅尔斯堡的山麓,两边矗立着奇特的房屋,每一个都有着上百年的历史。地底深处,矿工们在不停地劳作。许多年前,乌拉波拉博士就独自住在那里,那是一栋有点歪歪扭扭的中世纪老宅,和所有老房子一样,狭小的窗户就像是被岁月蒙上了尘埃的眼睛,好奇地打量着新的时光。房顶上的塔楼被石板覆盖着,和以前小孩子上学写字时用的石板几乎一模一样。乌拉波拉博士在那上面架了一架大型望远镜,用它来观测月亮和彗星。房子里有几间非常简陋的房间,里面塞满了古老的家具、奇怪的钟表以及各种小玩意儿。其中一间堆满了书,简直没有下脚的地方。隔壁房间看上去更令人吃惊,那是一座真正的博物馆:动物标本,鱼和蜗牛的化石,动物的骨骼和骨架,形态各异的蝴蝶和稀有的甲虫,地球仪和天体仪,电动机和显微镜……成百上千种仪器,还有许多叫不上名字的零碎物件。

老乌拉波拉就像鼹鼠一样在他的洞穴里生活了一辈子。他没有妻子,也没有孩子;一个戴着大黑帽子的老太太料理着这里的一切,她是乌拉波拉唯一能相处融洽的人,因为他是个老顽固。

如果你们想知道乌拉波拉博士长什么样子,那我必须要说,他长得非常奇怪——他个子很高,穿过老房子里那些低矮的门时非常困难;但他又很瘦,简直和他的烟斗杆一样;他的脸布满了皱纹,被烟雾熏成了褐色,就像一根老式的烟斗;头上还顶着一头铁灰色的头发。但在我们这些孩子眼中最为奇特的是,他的辫梢还系了一个小小的黑色蝴蝶结。我父亲告诉我,以前的人都梳着这样的小辫子,在旧书的照片里就可以看到。后来,新的时尚出现了,时代的大剪刀剪掉了所有人的小辫子。乌拉波拉已经快七十岁了,他就是不愿意接受新时尚,但这并不重要,因为那样看起来也会很奇怪。

此外，他尖尖的鹰钩鼻上还架着一副结实的牛角框眼镜，镜片又大又圆，当他陷入沉思、抬起眼皮时，看起来就像一只猫头鹰，也就是当地人方言中的"乌勒"。这就是他奇特的名字的由来。实际上，他就叫波拉博士，但对于我们而言，他就是乌拉波拉，这就是他的名字！

无论春夏秋冬，乌拉波拉博士都穿着一件灰色的连排扣上衣，脚上蹬着彩色方格的毡鞋，他就那样坐在书籍和仪器旁边。他那长长的烟斗中飘出蓝色的烟云，乌拉波拉博士丝毫不关心外界广阔天地中的任何人。

但即使他看起来很奇怪，即使人们偷偷地嘲笑他，当他从窗户往外看，或在花园里修剪树木时，人们仍然会向他脱帽致敬，因为他是一个学识渊博的人，他所拥有的知识超过了这儿附近的所有人，包括那些老师、牧师、医生和官员。他写了很多高深的书籍，世界各地著名的教授都会给我们的乌拉波拉寄信求教。要知道，那些教授本就是极其聪明的人，他们个个都需要在头上套上桶箍，脑袋才不至于因为拥有太多知识而爆裂。

但是，你们也许会问，乌拉波拉博士为何要来讲述这些故事呢？

事情是这样的：在乌拉波拉博士的房子边上有一块空地，空地上有处喷泉，我们这群孩子最爱在那里玩耍嬉闹，总是叽叽喳喳地吵嚷个不停，就像樱花树上的一群麻雀。这对于乌拉波拉博士来说是件非常可怕的事情，对他的学术工作造成了极大的干扰。当责骂无济于事时，他便尝试起了另一种方法。在一个夏天的晚上，我们又在喷泉边嬉戏，他让老仆人克里斯蒂娜把我们带上楼去。一开始，只有最勇敢的孩子们跟进去了。怀揣着一种奇怪的感觉和极大的好奇心，我们走进了这幢房子，这幢几乎没有人踏进过的、总是大门紧闭的房子。乌拉波拉先给我们做了一个长篇演讲，他用一种奇特的嗓音粗声粗气地说道："你们这帮顽皮的小家伙，再不加以管束的话，长大会变成大坏蛋。但只要你们答应我不再在花园里绕着喷泉嬉闹和扔球，那么，每个星期天的晚上，我都会请你们吃蛋糕、喝茶，还会给你们讲好听的故事，教你们用望远镜看月亮、看星星、看很多其他的东西。"

这就是《乌拉波拉故事集》的由来。起初只有几个人来听故事，后来，人越来越多，最后，所有的孩子都来了。乌拉波拉的故事非常有趣，蛋糕里嵌满了葡萄干，喷泉边上变得安静下来，因为没有人想让乌拉波拉生气。这个乌拉波拉是个绝顶聪明的人，他讲的可不是一般的童话故事，这本书里没有女巫和食人妖，没有公主和被施了魔法的青蛙王子，所有那些根本不存在的东西都不会出现；有的只是一些我们可以从中学到很多东西的故事。就像药剂师把苦药裹上糖衣，孩子们就更愿意吞下它一样，博学的乌拉波拉用天真烂漫的童话讲述的都是自然界里的逸闻趣事。

我把这些故事写了下来,供你们阅读。如果你们能够用心读上一遍,肯定会了解到很多关于太阳、月亮和星星,云、雨、雪和风,以及火山和海底深处的知识。

如果你们有什么不明白的地方,或想知道得更多,可以给我写信,可以把我当作乌拉波拉本人,然后我就会戴上我的牛角框眼镜,仔细阅读并回答你们,而不会像乌拉波拉博士那样暴躁、不耐烦。

沉没的城市

哇,南方可真是迷人!天空是深蓝色的,我们北方人从来没有见过那般澄澈的天空!温暖湿润的空气从地中海吹来,绚丽多姿的花朵竞相绽放,月桂树林沿岸排列,果园里的柠檬和甜橙在明媚的阳光下闪闪发光。是的,那片意大利的土地真的太美好了!

看,一个美好的春日里,一个农夫一边悠然自得地抽着烟斗,一边拉着锃亮的铁犁,翻着冒着热气的泥土。刚刚下过一阵暖雨,软化了这片泥土。不远处有座圆锥形山,它高高耸立着,像一个巨大的圆台形蛋糕,人们称之为"维苏威山"。这座维苏威山就像农夫一样会抽烟!一股细细的烟柱正从山顶袅袅升起,它是一座会喷火的山,一个危险的家伙。在它狂躁的时候,瞬间就会发出隆隆巨响;伴随着闪电和雷声，喷发出炽热的恶魔，滚烫的灰烬和燃烧的石块在空中呼啸而过，摧毁着周遭的一切。这时，湛蓝的天空消失了，月桂树被烧毁了，灼热的泥土掩埋了果园里的甜橙和柠檬。哇，这时候的南方，那片意大利的土地，可就不再那么美好了。

现在的火山虽然还在喷云吐雾，但还算平静。农夫依旧抽着烟，并不在意那座山。忽然，他那锃亮的铁犁扒到一块什么，他心想，肯定是石头，于是弯下腰去，想把它挪开。但当他试图捡起那块硬物时，却发现它是一个做工非常精美的青铜水壶。他刮掉了覆盖在壶上的那一层厚厚的泥土和灰烬，仔细端详，发现这壶竟是非常古老的式样，与当今人们制作的铜壶完全不一样。

农夫像当上了国王一样欢欣鼓舞。他拿起这个铜壶仔仔细细端详了许久，心想：这真是一件罕见的宝贝！他小心翼翼地把它放到一边。如果把这么个精致的铜壶摆放在他妻子的橱柜里，她肯定会非常高兴。

农夫继续耕地。他犁啊犁，直到中午时分，正在他打算收工的时候，铁犁又被卡住了，动弹不得。农夫感到诧异：呀，我今天简直是个挖宝人！他去拿了把铲子，把那东西挖了出来。猜猜看，这回他挖到了什么？他挖到了一个巨大的金属烛台！那是一个高约一米的五管狮爪烛台，它太重了，以至于农夫举起来都非常吃力。

农夫是个机敏的人，他把草帽推到脖子上后，陷入了沉思。这个地方，很可能还有宝贝，他自言自语道。于是，他又开始挖啊挖，虽然大汗淋漓，还是越挖越深。起先，泥土下面一层是灰烬，应该是许多世纪前的火山灰。接着，他挖出了一面精巧的手镜。再往下挖，却怎么都挖不动了，他碰到了砖石。农夫心里嘀咕，这里或许曾经是一座房屋，不然这些砖石是从哪儿来的呢？

于是，他把水壶、烛台和镜子小心翼翼地装到了车上，兴高采烈地回了家。是的，对于火山脚下的一个可怜的小农户来说，今天绝对是一个幸运的日子！

看到这么精美的东西，农夫的妻子非常惊喜，并自豪地把它们放到了客厅里。但是，在那摇摇晃晃的旧桌子和用稻草编织而成的椅子的衬托下，这些东西太扎眼了，人们一眼就能辨认出，它们根本不属于这个房间。

农夫又陆续挖了几天，想再找几件宝贝，却再也没有挖出什么来。傍晚时分，他坐在小屋前，叼着烟斗，修补鞍具。只见，乡间小路上突然尘土飞扬，原来是两匹漂亮的马儿拉着一辆马车正风尘仆仆而来。

马车里坐着一位优雅的绅士，农夫向他打了个招呼。绅士让马车停了下来，回以问候。

"可以给我喝一口当地的葡萄酒吗，我的朋友？"绅士问道。

农夫回答道："当然可以，阁下。"

随后,绅士便下了马车,进了屋子。此时,他正喝着一小杯葡萄酒,惊奇地端详着烛台、铜壶和镜子,从左到右、上上下下、反反复复地观察了很久。

"朋友,"最后,绅士对农夫说道,"你是从哪里得到这些东西的?这些都是远古时代的工艺品,是艺术家在几个世纪以前,至少是几千年以前创造的。这些古董可值钱了,怎么会出现在你这里呢?"

两个人你一言我一语地就这么聊了起来。起初,农夫并不想说出自己的秘密,但当他意识到,这位优雅的先生是政府的工作人员时,他便详细地讲述了事情的经过。

绅士点了点头,然后表示还会再来,并让农夫把这些宝物保管好了,因为他会以高价把它们买走。说完,他就上了马车,离开了。

三天后,农夫的屋前来了两辆马车。那位绅士又来了,这次还带了六位衣着华丽、戴着金丝眼镜的先生。他们先仔细地打量着那几件古老的宝物,随后便驾车来到田里,让农夫带一些工人,拿好铁锹和镐头跟在后面。

接着,他们就开始这里挖挖,那里挖挖,一直挖到傍晚。在数米深的大坑之下,他们发现,到处都是断壁残垣,还挖出了许多小工艺品。在傍晚快收工时,他们甚至发现了一具人体骨架。

见状,这些学识渊博的先生便得出了结论:田地下面有一座古城。那是一座在许多世纪以前不幸沉没的城市,正是被附近那座火山喷射而出的石头和火山灰所掩埋。

"朋友,"这些先生对农民说道,"这是一个伟大的发现,你将因此获得丰厚的回报——你可以给自己购置一栋漂亮的房子,买一些新的田地,甚至还能买下一座葡萄园。但你必须交出这些宝物和你旧有的田地,因为你所耕作的土地下面埋葬着一座古城。古籍中早有记载,被维苏威火山掩埋的是两座城市,分别叫赫库兰尼姆和庞贝。你是第一个发现古城痕迹的人,现在我们要让古城重见天日。"

正如这些先生所说的那样,农夫获得了丰厚的酬金,他搬到了平原生活,很快就成了一个富翁。而在他原来的田地,以及周围方圆好几里的土地上,成百上千的工人忙碌着,日复一日地铲挖着,他们挖出了大量掩埋古城的火山灰,慢慢的,古城的轮廓便显现出来。

是的,这是一个伟大的奇迹!多年后,人们可以再次穿过赫库兰尼姆古城和庞贝古城的街道,走进那一千七百多年前沉没的房内。那座烟雾袅袅的火山,疑惑地看了过来。不错,它所有的罪行都被暴露在光天化日之下。夜晚时分,月亮缓缓升起,苍白的月光洒入这座刚被挖掘出来的古城中,看到那荒芜死寂的小巷,也感到疑惑万分。是的,一千七百年以前,这里完全是另一番景象,路上是穿着白色长袍、面带微笑的人们,孩子们在路边玩耍嬉戏,欢快的歌声不绝于耳，高大的两轮马车嘎嘎作响，车子载着英俊强壮的男人去往平原。现在，这座沉睡的城市终于复苏了。那些长期隐匿在地底下、被火山灰掩埋的房屋白墙，又再次感受到了千百年前月亮的柔光。

人们依旧徘徊在废墟中，想象着他们的祖先在这里是如何居住、工作、生活和受难的，久久不愿离去。

是的，人们仍然可以清晰地看到这里所有的一切，就像昨天一般！看啊，那笔直干净的街道、华丽高耸的寺庙、圆形的马戏剧院、柱状的大门、石制的浴室、美丽的花园和塔楼……在屋内，随处可见的是挂在墙上的绝妙画作，桌子和长凳、烛台和镜子、水壶和水罐、盘子和刀子、床和橱柜。人们还可以看到房屋外墙贴着各种公告，以及淘气的男孩子们绘制的多彩涂鸦。人们甚至可以走进商店、酒馆、药店和面包店。

直到今天，我们还有机会去亲眼看看这一切，只要去到阳光灿烂的意大利旅行，前往冒着轻烟的维苏威火山，就可以去看看那些曾经沉没的城市；我们可以在小巷中漫步，欣赏一下两千年前的老艺术家们在墙上作的画。

那些农夫把城市从厚厚的火山灰中挖了出来，还发现了蜷缩在一起的人类骸骨，他们都是生活在古城的居民。在那里，我们可以看到，母亲将她的孩子们护在身下，一起缩在家门边上，而那扇门却再也无法打开，因为在火山喷发时，雨点般的石头砸下,将这扇门紧紧封死了。我们还可以看到,有些人正在奋力地撞破房屋的墙壁,有些人虽成功逃离房屋,却在小巷中被碎石砸死。

唉,这真是一幅悲惨的画面!看到这儿,有些人或许还会忍不住哭泣:几千年前的人们原本幸福美满地生活着,却被可怕的火山无情地杀害,多么可悲可叹啊!

如果我们来到了美丽的意大利南部,千万不要忘记参观这恐怖的地方:赫库兰尼姆古城和庞贝古城!

看,地球上的小人儿原本欢快地生活着,就像微小的杆菌在苹果里一般自在。他们建造房屋和城市,播种粮食,栽种树木,忙忙碌碌地做着各式各样的生意。但苹果的果皮非常薄,下面就是果肉;地球的表层也非常薄,下面都是火焰和岩浆。但小人儿们在地球的表层走来走去,根本没有想到下面的火海正在沸腾,俨然人间炼狱。人们自觉,石头和沙子构成了厚厚的地壳,完全可以阻隔火海。然而,地壳上有着无数的裂缝和小孔,海水时不时地从那里流入,穿过各种神秘的通道和峡谷,深入岩石之中,不久后便到达了地下火光四射的地方。在那里,海水与地狱的岩浆混合到一起,魔鬼身上的锁链便一下子松开了。地狱的岩浆和海水互不相融,岩浆冒着热气,发出嘶鸣,就像一百万枚炮弹,或是千万个蒸汽锅炉同时爆炸,疯狂地冲击着地壳。随后,地壳被撕成两半,疯狂的火焰从内部迸发而出,向四下喷射石块和泥土,火山苏醒了。

发光的岩石像沸腾的泥浆一样从火山洞里流出,火山灰和数以百万计的石头从耸立在地狱之眼上方那可怕的山口喷溅而出,如炮弹一般,连续数日,周遭的一切都被摧毁殆尽。小人儿们都吓坏了!地壳被撕碎了,熊熊烈火升起,小人儿们惊恐地逃离着这个可怕的地方。

那是公元 79 年 8 月 23 日,蓝色的天空笼罩着大海,花圃里飘来阵阵甜美的香气。赫库兰尼姆和庞贝两座城中,白色的房屋在炎炎夏日的阳光下闪闪发光,背后是锥形火山,矗立在绿色的葡萄园之中。

马路上,人们正高兴地闲逛;小屋前,人们悠闲地坐着,编织着各种手工艺品;拱门的石柱间,孩子们正兴高采烈地玩耍;……傍晚时分,日暮降临,女士们坐在自己的房间里梳妆打扮,因为马戏就要开演了。

太阳渐渐沉入大海,山的上空幽幽浮现出一团黑烟,地面上暂时安静了下来,可以隐隐听到地底传来的轰鸣声,那是一种沉闷的隆隆声,但是没有人注意到这些异样。几个世纪以来,这座燃烧的火山一直很平静,人们几乎全然忘记了它的存在,它像一头豹子一般埋伏在那里,阴险地等待着攻击人们的时机。人们仍然无忧无虑,穿着节日的盛装匆匆赶去看热闹。可是,山顶上的云层越来越黑,地底深处的隆隆声越来越大,大地在人们脚下悄然颤抖。接着,许多人开始把目光投向那座火山,心中升起了不安的预感,那是一种面对即将到来的恐怖的战栗。

夜晚就这么悄无声息地过去了。第二天一早，太阳发出了血色的光芒，大地的喉咙里发出阴森的声音。火山的上空笼罩着一片奇特的、乌黑的巨大云朵，似参天大树一般，宽大的树冠正奋力地向上延展。乌云不断地膨胀着，渐渐遮住了太阳，白天变成了黑夜，火山灰像滂沱大雨一样倾盆而下。山上传来沉闷的雷声，天空漆黑一片，刺眼的闪电时不时地划破天幕。远处的大海依旧湛蓝，海边的村庄沐浴在阳光之下，人们惊恐地眺望着那座可怕的火山，为住在山脚下的人们感到悲哀。

中午时分，岩浆如同一条通体发光的蛇，突然蠕动而出，蹿向葡萄园，烧毁了一切，人们的家园也被付之一炬。赫库兰尼姆和庞贝的居民在街道上哀号着，奔跑着，想要带着他们的家当逃离，逃向远处的平原。但是，火山裹挟而来的新灾难再一次降临了！从火山深处迸发出无数灼热的石头，这一幕持续了数个小时，乃至数天，砸死了数以千计的逃亡者，乡间道路上和田野里满是男人、妇女和儿童的尸体，那是明亮白昼的至暗时刻。幸存者还在匆匆赶路，想要保全自己的性命，可还是被下沉的火山灰围困，被灼热的石头砸中，被高处的闪电击中。雷声滚滚，火山四面都在爆裂，喷出有毒的硫黄蒸气，发着暗红色光芒的火蛇伺机爬出，越爬越远，闯入平原。每个人都各自逃命，亲友失散，逃亡的人流尖叫着向前涌去。

海上的船只试图开展救援，但密集的石头雨把水手隔离在远处，一些登陆的水手也在毒气中窒息而死。

在这些不幸的城镇中，也有许多居民留在了他们的屋子里。屋外不停地下着石头雨，空气中弥漫着灰尘，人们担心自己会因此而丧生，所以躲在房间里，等待着逃出生天的时刻。但是整整三天三夜，可怕的咆哮声一刻也不曾停歇。火山灰越积越厚，石头越堆越高。最终，房屋沉没其中，人们被热灰所掩埋，世界陷入一片死寂。

远处的高地是一片幸免于难的地方，当地的居民站在那儿，眼看着赫库兰尼姆和庞贝沉没，无能为力。

第四天，天空稍稍放晴，地底的翻滚平息下来，空气中依然充满灰烬，但太阳的光芒终于可以穿透这黑暗了。勇敢的人们再次踏上这片恐怖的土地，但是曾经的村庄并没有留下丝毫痕迹。赫库兰尼姆和庞贝就这样从地球上消失了，淹没在灰烬的海洋里，而在不远处，那座透着危险气息的火山仍在粉尘中若隐若现。

人们心烦意乱，悲痛欲绝，便转身离开了这片广阔的灰烬之地。任谁也不会相信几天前这里还矗立着两座富饶的城市。

小水滴的故事

"孩子们,"乌拉波拉博士说道,"今天,我想给你们讲一个小不点儿的故事。不管你们喜不喜欢,你们都遇见过这个小不点儿,都认识它,这个小不点儿就是水滴。"

"乌拉波拉博士,我猜,这会是一个简短的故事。因为一滴水、两滴水、三滴水,干了,然后,故事就结束了!"

"胡说八道!你们这些自以为是的小家伙!"老人呵斥道,用那块花花绿绿的大手绢擦拭他的牛角框眼镜,"等着瞧!如果你们等不及,大可以回家去。你们可不要瞧不起这小水滴,它的经历可比你们都多,比所有东西都有用,对老年人也更友善,可不像你们。"

于是,我们这些孩子很快就找位子坐了下来,一边喝着茶,大口大口地吃着蛋糕——老克里斯蒂娜做的蛋糕实在太美味了，上面撒满了甜甜的葡萄干儿，一边期待着乌拉波拉故事的开场！

  从前，有一个小女孩儿，坐在花园里接骨木下的草坪上，一滴眼泪正从她的脸颊流淌下来。女孩儿的母亲已经被埋葬了，那是女孩儿一生中最悲伤的时刻，因为世界上有很多人，但母亲只有一个。泪水像钻石一样在女孩儿的脸颊上闪闪发光，它折射着七月的暖阳。这就是我们故事的主人公小水滴的诞生——泪水就是一滴最高贵的水滴，痛苦是它的母亲。

  但我们的小水滴本身一点都不悲伤。这个小家伙很喜欢这个世界，它乖乖地坐在那里，感受着阳光的柔软和温暖。太阳高高地挂在蓝天之上，普照着大地。"真希望有一天我可以飞到这盏明灯那儿。"水滴心想。对太阳的渴望仿佛正吞噬着它，因为它变得越来越小，到最后，我们完全看不见它了。

  现在，你们一定认为故事已经结束了，因为水滴不见了，正如你们在开始时所说的那样，老乌拉波拉的故事已经进入了尾声。但是你们大错特错啦，你们这些自以为是的小家伙！现在，我的故事才刚刚开始。你们不要以为，我们看不到那滴小水滴，就意味着它已经不存在了。在这个世界上，根本就不存在什么消失，因为一切都在循环往复。所有东西都还存在着，只是变了一种形式。

  我们的小水滴在太阳的照射下变成了一个个微小的小水

泡，就和肥皂泡泡似的，只是很小很小。它们在温暖的空气中，随风飘荡。最后，它们来到了一大片松树林，那里的松树顽强地生长在热沙中——沙子被晒得滚烫，空气也热乎乎的，就像我们房里的热空气会上升到天花板一样，那里的情况也是如此。气流越升越高，带着我们的小气泡高高地飞向蓝天。一只小鸟飞过，差点扬起一阵小旋风。幸运的是，它转眼间就飞走了。

高空中非常寒冷，下方的热气使得小气泡膨胀，现在遇到的冷气又让它们凝缩起来，于是，成千上万的小气泡聚集到一起，水滴就形成了一片云朵。远处的大地上，有一座小小的村庄，村庄里有一个小女孩儿正抬头看着空中的白云，白云就像小船一样在蓝天中航行。她当然不会知道，刚刚从她眼里流下的那颗水滴也飘浮其中。你们看，生活中经常会遇见这样的情况：我们遇见一个老朋友，却认不出他来，因为他已经变老了，须发皆白，穿的衣服也与当年的不一样——那时候，我们还是亲密的好朋友。

这颗水滴在云中飘啊飘，越过了陆地和海洋。它一边看着沿途的风景，一边想道：这个世界可真大呀，到处都有人居住着！傍晚时分，云层来到了南方，抵达了地中海上空，在这里可以看到远处意大利海岸闪烁的灯光。但是，越来越多的水滴从海里升到云里，加上日落后的天气骤然凉爽，小气泡们都聚集到了一起，凝结成了一滴滴水滴，云朵也变得越来越大、越来越重,空气都快承载不动了。后来,空气决定,干脆就把这些水滴撒掉吧。大风咆哮而来,我们的小水滴和其他数百万水滴一起从云中坠落,速度越来越快,就这样,它变成了一滴雨滴!

云朵之下,绿色的海浪翻滚着,一艘巨轮正在全速行驶,螺旋桨搅出了巨大的白沫状漩涡,轮船发射出红色、绿色和白色的灯光。舵手们站在自己的岗位上,极力向黑暗深处望去。远处有一盏忽明忽暗的灯,那是那不勒斯港口入海口处的灯塔。"我们早就该进港了,"舵手们说道,"都开始下雨了!"他们就这样抱怨着狂风和糟糕的天气。对水手们来说,在这么恶劣的条件下工作,实在不是什么愉快的事情。

扑通!我们的雨滴突然就掉到了大海里,完成了它从云端到大地的旅程。它心想:总算又踏实了,像这样飘浮在云端是一件很危险的事情,因为我永远都不知道,掉下去的时间,以及会掉到哪里去。现在,雨滴回归了大海,在海洋里欢快地畅泳,真是太安心了。但可惜的是,结果却与它所设想的大相径庭:它在大海里还没有待够一分钟,轮船就全速开动起来,我们可以听到发动机的轰鸣。这艘巨轮的蒸汽机就像是一头贪婪的野兽,肆意地消耗着煤炭,带动螺旋桨不停地旋转,从而推动轮船前行。在船的一侧有一个吸水泵,正在大口大口地吸水,就在我们的水滴靠近它的时候,便和其他水滴一起被吸了进去,以补充锅炉用水。

小水滴就这样突然被抓住了,被咆哮的漩涡带走了。几秒钟后,它滚进了船上的锅炉里。天哪,这真是一个可怕的故事!烈焰不断地给这个铁制的怪物加温,锅炉管中充斥着沸腾的热量,将流经管道的水滴全都变成了水蒸气。水滴不禁感到疼痛、恶心。它就这样被高温紧紧包裹、扭曲和撕扯,最后它又变成了水蒸气,在巨大的压力下挤入一个狭窄的管子里,发出嘶哑的刺刺声。"我快要死了。"小水滴心想。其实,它已经不再是水滴了,而是水蒸气。它暗暗嘀咕着:"这回我真的完了,在这种环境下,没有任何东西可以生存,我彻底完了!"突然,在它的面前出现一个洞口,那是通往汽缸的小门。此刻,蒸汽饱含着巨大的能量,涌入其中,对它们在锅炉中受到的恶劣待遇表达着强烈的不满,冲向阻挡它的厚皮活塞。活塞惊讶地节节后退,推动了后面的活塞杆,活塞杆又将推力传送给巨大的曲柄轴,曲柄轴马上带动螺旋桨,推动着轮船继续前进。

这就是我们这颗水滴所有的力量了!为了完成这个任务,它倾尽全力。水蒸气就这样从排气管里逃了出来,外面温度很低,小气泡们又紧紧地凝聚到一起,形成了水滴。可喜可贺,我们的小可怜终于从地狱里跑了出来,跳进了大海中。

"看,孩子们,"老乌拉波拉说道,"世界就是这个样子的!当一个人不得不工作时,肯定会历经苦难,也会有自己的烦恼,但当他工作结束时,看到自己做了一些有用的事情,就会觉得刚刚的工作是有价值的。即使工作服会让人有点难受,但穿着工作服的人总是比游手好闲的人更有价值!"

小水滴想:一个人的经历是无法预知的,当我在小女孩儿的脸颊上晒太阳时,我压根儿都不会相信,自己将会去推动轮船开往那不勒斯。这个世界真是一个有趣的地方!

于是,小水滴随着波浪起伏着,从刚刚经历的恐怖中慢慢缓过神来。它在南方阳光明媚的海边漂荡,欣赏着闪闪发光的橙子树和橄榄树,听着意大利人和西班牙人欢快地唱着歌曲,一切都是那么愉快和治愈。然而,在中午时分,海面上的阳光灼热起来了,水滴们此刻又蒸发成一层蓝色的水雾,懒洋洋地笼罩在海面上。在田野和花园里工作的人们被晒得浑身发红,他们不停地擦拭着额头上的汗水,一遍遍不停地感叹道:"唉,这天儿真是闷热啊!"

我们的小可怜又开启了一段新的旅程,它随着温暖的水雾慢慢漂荡着,有点无聊,因为风还在睡觉,整片水雾总是停留在同一个地方,沉闷单调。临近傍晚的时候,风终于苏醒过来了,慢慢地将水蒸气从海面上赶走,赶到了非洲海岸。在这里,白色的沙子被火炉一般的太阳烘烤着,热浪将蓝色的水雾像气球一样推往同样是蓝色的空中。但高空处是冰冷的,雾气在低温下凝结成微小的尖状冰针,慢慢的,整块云团都这样凝结起来。这一幕发生在一个极高的地方,可能离地球一万米远,只有最高的云层才会在离地球表面这么远的地方飘浮。而且,它们是非常特别的云朵。地上的人看见了,都会高兴地说:"看啊,多么奇怪的小云朵,它像羽毛一样飘浮在上空,看上去就好像有人把自己被子里的羽毛都抖出来了!"

凛冽的寒风驱使着冰针云向北移动,直到它们到达那高高的被冰雪覆盖的山峰上面,而这些山峰就位于阿尔卑斯山脉。山下有着美丽的绿色草地,奶牛在山间小屋旁吃草,远处还有可爱的小村庄,但在山顶上的冰峰却闪烁着银色的光芒,笼罩着遗世而独立的寂静。

云层由于自身的重量越沉越低,细小的冰针挤在一起,变成一颗颗奇妙的小星星,世上最伟大的艺术家也无法把它们做得如此精致、美丽;随后,小星星就慢慢地、慢慢地飘落到了地上——下雪了!

就这样,我们的水滴便成了一个艺术奇迹。一颗小雪星,是艺术家冰冻先生创造了它,没有使用任何工具,而且在一分钟内就创造了几百万个!这颗小星星呼啸而下,一路上遇见了一些其他的小星星,有的与它并肩,有的在它的前后,就这样,一片雪花诞生了,在这片雪花中就住着我们的小水滴。

雪花飘落到高山之上,和无数雪花一起躺在地上,又有无数雪花不断地来到这里,覆盖在它们的身上。现在,它们一起静静地躺着。那是一段沉闷的时光,因为山上潮湿而寒冷；它们就这样被困住了。水滴不停地叹着气，回想着过去那些美好的旅行，它曾在蓝色的天空中到处飞翔，曾在美丽的地中海岸边肆意游荡，太阳那么温暖，还可以看到穿着彩色长袍的人，听到那些有趣的人唱着有趣的歌儿。总之，从前的生活是那么丰富多彩！

但没有什么是永恒的，一切都会有尽头！我们那被冻成冰块的小家伙在山上躺了几个月之后，某一天，春天来到了这片土地。率先抵达的是春风，它带着欢快的歌声，轻抚着这一片山区，雪地瞬间变得柔软了，开始慢慢地滑动，只是突然被一块倾斜的岩石挡住了去路，但小水滴意识到，它们不会在那里停留太久，只要再有一点点轻微的力量，它们就会滑向山谷深处。这是一件危险的事情，但我们的小可怜却无力改变它，因为它只是大部队中的一分子。

山谷下面是一个村庄，里面满是蒂罗尔式的可爱小房子，村庄里的人们都很友好淳朴。当一阵阵春风呼呼地穿过小巷子时，一个农夫手里拿着烟斗，若有所思地抬头看了看上面的山坡，说道："哎，现在我们可得小心了。发生雪崩的季节到了！"

一天，新雪飘落，空气似乎特别静谧温暖。施莫兹勒·塞普尔穿上长靴，爬到山顶上去看他的小木屋。他一路跋涉，就快要爬到山顶的时候，高处突然传来一阵奇怪的呼啸声，在塞普尔还没有完全清醒过来的时候，一个巨大的白色物体正向他飞奔而来：雪崩！如果施莫兹勒·塞普尔正好处在雪块的正下方，那么他就死定了，但现在他偏在一旁，还有一线生机。巨大的雪块把塞普尔撞翻了，带着他翻滚了七八个跟头，他的四肢像风车一样打着转儿，又被急速下坡的雪球包裹了起来，就像土豆团子里的肉糜。过了一会儿，塞普尔便在柔软的雪团中，以比上山时更快的速度滚回了村庄。雪团撞上了一个干草堆，就四分五裂地散开了。听到巨响后，担惊受怕的人们冲出家门，只见施莫兹勒挣扎着从雪堆里爬了起来，一瘸一拐、骂骂咧咧地在雪堆里寻找他的烟斗。

值得庆幸的是，雪崩的主体偏离了村庄。伴随着一阵猛烈的风暴，人们可以清楚地听到嘶鸣声和撞击声，一棵棵参天大树像一根根火柴棍似的被折断，轰然倒下。雪崩摧毁了一大片森林，把一个大谷仓砸得像雪茄盒似的，最后，雪块在一处有小溪流淌的山坡前停了下来。当地的蒂罗尔人由衷地感到高兴，因为就在几年前，这样的雪崩埋葬了整个村庄，波及了所有的居民和家畜，摧毁了所有的房屋和谷仓。

但是，为什么会发生雪崩呢？哦，其实非常简单！一只老鹰在山顶处栖息了一会儿，当它再次起飞时，爪子下松散的冰块便滚落下山，一路粘上了许多松软的雪花，滚成了一个球。雪球越滚越大，当它撞上我们的小水滴困在其中的雪层时，雪球就把雪层也带走了。这团雪越滚越大，隆隆作响地坠向山谷，就形成了威力巨大的雪崩。

当然，我们的小水滴对这一切一无所知，过了很久才得以从雪块中解脱出来。只有当太阳的照射时间一天比一天长，温度一天比一天高的时候，这个大雪球才会解冻，而我们的小水滴终于等来了它的解放时刻！它又能看到头顶的蓝天了，可爱的太阳正在用它炽热的手指抚摸着这个冰冷的小家伙。于是，它的心就融化了，又变成了一颗水滴，跳进了下方由雪水汇聚而成的潺潺小溪里。

这确实是一种更快乐的生活，不用一动不动地束缚在冰块中。溪流在石头之间跳跃，流过村庄，穿过茂盛的草地，最后流进了一个可爱的山谷。那里景色如画，在绿色的山毛榉树之间，一个水磨在嘎吱作响。老磨坊主戴着一顶白色的帽子，在屋后钉着一辆手推车。在屋前的水闸边，站着他的女儿和他家的帮工，这两个人有很多话要说，完全沉浸在自己的世界里，把周遭的一切都忘了。小水滴沿着通往磨盘的厚木水槽流了下来，冲进布满青苔的大轮辐，轮辐吱吱呀呀地转了起来，将磨石里面的麦粒碾成面粉。小水滴又顺着溪流迅速跑掉了。但这时，一个漩涡又抓住了它，把它带走了。世界上的事情总是这样，当它开始变得有趣时，我们却必须要离开，而且故事没有结局！

小水滴随着溪流继续前行。走着走着，水流变得越来越细，因为它们正在流经碎石，水流通过无数裂缝渗入地下。那里只有无尽的黑夜，一点意思都没有。小水滴努力地绕过无数狭小的隧道和小孔，沉入了岩石的深处。水流一路又渗过各种岩石，穿越了许多铁矿与银矿，并溶解了各类矿物盐。最终，小水滴又从岩石中渗出，那便是涌现的泉水。泉水清清凉凉，尝起来有一点咸咸的，据医生说，这种泉水对过度肥胖的人有好处。

泉水从山间流淌出来，来到了一个美丽的小镇。这个小镇的镇长命人将泉水收集起来，通过成千上万的管道，将泉水输送到小镇的每一户人家。我们的小水滴刚重见天日，就再次陷入了黑暗，冲进管道，最后来到了一座大房子里，停在了一个水龙头前。锃亮的黄铜水龙头像门房一样站在这里守岗，不让任何人通过。这个大房子其实是一所大学，里面有很多房间，房间里有很多课桌，课桌前面有一张讲台，讲台前面是一块大黑板，老师在黑板上写下各种学问。这些老师被称为"教授"，上课的时候不会像中小学老师那样带着教鞭，因为他们的学生都是年轻的绅士，其中一些人已经长出了帅气的胡子；他们还戴着五颜六色的帽子，被称作"大学生"，是一群骄傲的人。

在其中一间教室里，学生们在上课，一位著名的教授正站在讲台前。他学识渊博，常年从事科研工作，大脑里冒出来的许多思想把他的头发都带走了！但这对教授来说是件幸运的事情，因为如果他的脑袋没那么秃，人们就会认为，他的学识也没那么广博。这位教授开始了他的课程，他讲道："同学们！我们所有人从生命的第一天到最后一天都需要水，但很少有人知道水实际上是由什么组成的。一百五十年前，有几个英国学者首先弄清楚了水的结构。水是由两种看不见的气体组成的，或者如学者所说，由两种气体组成，即氢气和氧气。两者单独存在的时候，就像我们所呼吸的空气一样不可见，但是当它们结合在一起时，就形成了水。为了让你们相信我，我将在你们面前把水分解成两种气体，之后，我将再次将这两种气体结合起来制造水。"

教授向他的助手招了招手，助手走到水龙头前，让水流入一个形状奇怪的容器中。就这样，我们的小水滴加入了这场知识的盛会。它为此感到非常自豪，因为为科学服务总是一件光荣的事情。但很快它便难受不已，浑身撕心裂肺地疼痛，就像它在船上的蒸汽锅炉中被残忍地撕成碎片时一样。因为教授将两根电线插入了容器，并接通了电源，这时事情就开始变得不妙了。电流分解了水，两根导线上升起了大量气泡，其中一根导线上产生的是氢气，另一根产生的是氧气。我们的小水滴就这样成了科学的牺牲品。它就像某些国家的谋杀犯一样，被施与了电击的刑罚。它想哭，但因为它本身就是一滴眼泪，哭了就与自杀无异。尽管我们的小可怜试图躲藏，就像牙医候诊室里的孩子一样，可终究还是轮到它了，它变成了两种气体，在玻璃容器里升腾起来。最后，一切都结束了。玻璃容器中不再有一丝水的痕迹，水已经全部变成了无形的氢气和氧气，飘浮在玻璃容器的上方。

但真正的学者是不会半途而废的，我们的教授又开始用这两种气体生产水——他将两种气体通到同一个玻璃容器中，然后在一股强电流的作用下，玻璃容器中发出了强烈的电火花。紧接着，这些气体再次结合，形成水滴，落向容器的底部。

学生们被这个实验深深吸引了，他们热烈地鼓掌，兴奋地跺着脚。这位博学的教授微微一欠身，便阔步走出了课堂。

我们的小水滴若有所思地躺在杯子里。它已经死而复生，内在结构已被揭示；它以前可从来没有想过自己是由什么组成的。但它没有太多时间思考这个问题，因为下课的时间到了，大家都离开了教室。然后，校工就进来把水倒进了水池里，于是，水又流经了许多管道，再一次来到了镇子外面，流进了一条宽阔的沟渠；小水滴又穿过草地，抵达了花园、田野和谷仓之间的池塘。

小水滴心想：这里的味道好难闻哪！环境太糟了！周边漂浮着一个空药瓶、几个膨大的瓶塞、一只破旧的童鞋，还有几页书页，几根吸管，几片落叶。老鼠在池塘边跑来跑去，鸭子在嘎嘎乱叫。最可怕的是，许多微生物在水中游来游去，它们非常微小，一滴水中就有成百上千个。这时，两个男孩儿走了过来，他们正在乡间溜达，因为天气很热，他们来到池塘边，用瓶子装满了水，并大口喝了起来。如果他们知道水里面生活着什么样的微生物，可能就会像老师经常教导他们的那样，不去喝它。但有些男孩儿总是喜欢不学无术，且自以为是！

对我们的小水滴来说，这里的生活并不美好。"你看，"它自言自语道，"有时候，人们会无辜受累！几个小时前，我还在充满学术氛围的大学里，而现在，却在这肮脏的池塘中。真是倒霉！"

但事情很快就出现了转机，因为干净正派的人摔倒了总是能重新站起来，纵然他可能一时运气不佳。在一个晴朗的早晨，酒农约亨骑着栗色马，拖着个大木桶慢慢悠悠地来到了这个村庄。他在池塘边停下来，用小水桶一桶又一桶地将浑浊的水舀进大木桶中，然后又骑着他的栗色马回了葡萄园。约亨把水浇灌在了葡萄树之间，这些葡萄树就快被高温烤干了，这一桶桶的水如及时雨般地渗入了土壤中。

我们的小水滴就这样通过葡萄树根部的细孔慢慢地去到茎里，渗透到枝丫处，最后，跑入到绿色的葡萄果实中。虽然现在这些果实小小的，但在明媚的阳光照耀下，果实里面的情况相当精彩，就像是一个化工厂。阳光和太阳的热量分解了水和它从地下带来的物质，它们化成精美的汁液，来回流动。我们的小水滴也在其中，变成了果汁。

秋天来了！这是葡萄收获的季节——树叶变了颜色，旗帜四处飘扬，男孩儿和女孩儿来到葡萄园采摘葡萄，乐师们演奏着一曲又一曲欢乐的乡村舞曲。阳光下，一串串饱满、甜美、成熟的葡萄被摘下，送到压榨机旁，榨出的果汁又流进酒桶，最后，被装进了酒瓶。

就这样，我们的小水滴在太阳的魔力下变成了酒，后来，又在地窖深处的一个布满灰尘的瓶子里躺了许多年，那里有蜘蛛在织着精细的蛛网，还有老鼠在窃窃私语。直到有一天，乌拉波拉博士的朋友，一位莱茵河边的酒商，给我送来了一打极好的葡萄酒，其中就有困住我们的小水滴许久的那瓶。就在这里，你们这些小家伙，现在过来看看吧！

说着，乌拉波拉博士将手伸到他身后的桌子上，将一个布满灰尘的酒瓶放在我们面前。

"所以，"他说着，把瓶塞从绿色的瓶颈处拔了出来，倒了满满一杯，"我都已经口干舌燥了，就为了给你们讲这滴水和它的冒险经历。现在，就让这滴水来给我润润喉，提提神吧！看，它还在杯子里闪着金光。如果你们不信，那就这样吧，你们可以走了！"

幽灵海因里希

如果我们想去找老乌拉波拉,就不得不穿过一条安静、黑暗的小巷,小巷里有一个古老的修道院墓地,墓地里有着扭曲的十字架、高大的古树,一阵风拂过,墓地里还会传出凄厉的叫声,这在晚上总归有点吓人。尽管我们这些年纪大一点的孩子会假装不害怕地狱和魔鬼,但还是会挤作一团,快步地走着,因为我们在黑暗中会感觉到不自在。有一回,一个小女孩儿落在了我们的后面,她一路小跑,想要跟上我们。突然,一片白色的东西从教堂院墙上方飘过,那是一块从门房晾衣绳上飞下来的亚麻布。这个小女孩儿被吓坏了,她以为有幽灵在追她;她大声尖叫着,哭着跑了起来,直到来到老乌拉波拉博士家,她还在哭。

老克里斯蒂娜端来了茶和蛋糕,安慰着我们受惊的小伙伴;乌拉波拉博士则在房间里转来转去,拖着他那双大毡鞋,一边咆哮，一边抱怨，斥责那些无理取闹的"教育者"专会给孩子们讲鬼故事，害得他们那么惧怕黑暗。

"孩子们，"他说道，"死人是不会再从坟墓里爬出来，去吓唬小女孩儿的。他们在地下安安静静地睡觉，脚指头一动也不动。这个世界上也没有幽灵，但有各种相信有幽灵存在的胆小鬼。今天，我就来给你们讲个胆小鬼的故事吧。他也住在这个镇上，是老霍恩医生的马车夫和仆人。他经常跑来跑去，要么是驾着马车送医生去看病人，要么就是去给病人送药。一旦赶上天黑的时候，他总能看到幽灵，因此人们称他为'幽灵海因里希'。

"医生对愚蠢的海因里希有诸多怨言，他一遍一遍地告诉海因里希，这个世界没有幽灵，但海因里希总是能发现新的幽灵。老乌拉波拉这就给你们讲几个他所遇见的幽灵，这样你们就不会傻到相信这种无稽之谈了！"

一个冬天，斯坦伯格山里的旅馆老板生病了。晚些时候，霍恩医生就派海因里希到这座长满松树的山里去送药。起初，天色只是有些昏暗，雪地也还闪着光亮，但慢慢的，天就黑了。于是，海因里希点上了他的大风灯，一路小跑着进山。那是一段上坡的山路，一开始，他走得很顺利，没有什么可怕的东西能挡住这个小伙子。终于，他走出了松树林，来到了一个开阔的高原上，谁知那里竟飘着一层厚厚的浓雾。

天寒地冻，海因里希把大风灯放到身后的雪地上，想戴好手套。就在他再次抬头时，却被吓了一跳，头发像刺猬一样立了起来。原来，不远处飘着一个巨大的身影，差不多有一栋房子那么高，通体黝黑，薄薄的一片，就像从纸板上剪下来的一样。在浓雾中，他只能隐隐约约地看到它的身形，但这是真的，绝对不是幻觉，它就活生生地站在那里！

海因里希完全迈不开步了，仿佛扎根在原地，担心自己的一举一动会让这个巨人误以为被威胁，把它招惹过来。"这又是一个幽灵！如果霍恩医生也在这里就好了！这样他就能亲眼看一看，没有信仰的孤魂野鬼就是会在夜晚的森林和山里游荡，如果我明天再告诉他今晚我所看到的，他准又会嘲笑我说："海因里希，你真是个大笨蛋！"

海因里希呆呆地盯着他面前的黑色幽灵。幽灵就站在那里一动不动，似乎也在等着看海因里希的行动。海因里希刚小心翼翼地举起手臂，那个黑色的家伙也立马举起自己的手臂进行攻击，于是，海因里希立刻转身，惊恐地跑向他身后的大风灯，却不小心撞翻了它。灯熄灭了，海因里希拿着药瓶，像野兔一样冲下了山。

直到跑到森林的边缘，他才停下了脚步，喘着粗气，环顾四周。那个巨人没有跟着他，完全不见了踪迹。"真是的，"海因里希心想，"如果我带着大风灯就好了！像这样在黑暗的树林里跋涉真是一件糟糕的事情。海因里希啊，你还是再回去吧,把灯捡起来!"后来,海因里希还是鼓起了所有的勇气,小心翼翼地回到高原;很快,他就在雪地上找到了自己刚刚留下的足迹,那盏熄灭了的大风灯正留在那里。所幸,那个可恶的幽灵已经走远了,还没把灯带走,只剩浓雾像堵白墙一样飘荡。

海因里希掏出打火机,一边点灯,一边想,如果斯坦伯格山上的旅店老板没有拿到药,自己就这么一无所成地折回家,那人们肯定又会责怪他。自己还有没有勇气再尝试一次呢?只剩下十五分钟的路程了,而那个黑色幽灵很可能已经彻底离开了。

大风灯再次亮了起来,海因里希蹲在灯笼前,点燃了他的烟斗。当他的眼睛稍稍往旁边一瞥时,却又惊呼道:"我的天啊!那个黑色的地狱幽灵又在那里蹲着了,而且似乎变得更大了!"

我们的海因里希小心翼翼地直起身来,那个黑色的幽灵也跟着站了起来,身形越来越大,都快碰着天了!不能再待下去了!海因里希迅速抄起了他的大风灯,小跑着下山,身后被脚步带起的雪像粉末一样飘散开来。

跑了一段时间后,一个黑色的身影又出现了,这回是在他面前,但谢天谢地,这回身形比较小。"今天可真是太倒霉了!"海因里希心想,他吓得杵在那里,挪不动步,"后面有个大幽灵,前面有个小幽灵,这简直没有天理!"突然,小幽灵走近他，大声叫道："海因里希，是你吗，你这个小家伙？"

"霍恩医生！"海因里希想，"是霍恩医生！真是谢天谢地！"确实是霍恩医生来了。山上旅馆老板告诉医生，他的病情加重了，因此，这位好心的老医生决定亲自出马。他原本还以为海因里希是从山上旅馆回来的；当他听说海因里希根本还没有到达旅馆时不禁惊讶万分。于是，海因里希讲述了他的可怕经历。

"海因里希，"医生说道，"我真的快被你气死了！你真是一天比一天愚蠢，一天比一天胆小！现在你跟着我一起去吧。天知道你又看到了什么！？说不定是一棵形状怪异的树或是一块岩石，在雾中看起来像一个黑色巨人。你就看着吧，我和你在一块儿，你就看不到巨人了。"

说完，他们便往山上走去，很快就来到了海因里希遭遇可怕幽灵的地方。雾气仍没有散去，但这回他们却没有看到巨人的踪迹。

"说吧，那是怎么一回事儿？"医生问道。

"好的，"海因里希说道，"是这样的：我把大风灯放在这里，想要戴上手套。刚戴完，我抬头一看，那个人就站在那里！"

海因里希一边说着，一边还把他的大风灯放回到了当时放置的地方，然后指向前方，谁知，紧接着他又尖叫起来。

"我的天哪，霍恩医生！你快看！就是在那里，他又来了！霍恩医生！快看！这次还来了两个！"

真的，就是这样！浓雾中有两个巨大的黑色身影站在那里。医生擦了擦眼镜，又看了看，便大声笑了起来。"海因里希，你真是个大笨蛋！"他对被吓坏的海因里希说道，"你这个笨蛋，去瞧瞧清楚吧，那是你自己的影子，你身后的大风灯把你的影子投射在那堵雾墙上，所以，你是被自己的影子吓跑的！你只需挥挥手臂或踢踢腿，就会发现前面的黑色幽灵模仿了你所有的动作，因为它就是你的影子，只是它没有像太阳、月亮或路灯那样照在你身上，把影子投射到地上，而是投射到了你前面的雾墙上，因为你把大风灯放在了地上，它的照射角度很低！"

现在海因里希终于明白了，他悄悄地走到医生身边，耷拉着脑袋，决心下次要再聪明一点儿。

乌拉波拉博士敲了敲他的烟斗，把里面的灰清理干净，又重新装满烟丝。"是的，"他说道，"现在你们见识到了吧，幽灵完全就是无稽之谈！海因里希会在山区看到幽灵这种现象是很寻常的，这种幽灵又被称为'山鬼''布罗肯山鬼'，布罗肯山是哈尔茨地区最高的一座山，所以幽灵现象在这里特别频繁。一年当中有许多日子，浓密的雾纱都会笼罩山顶。当太阳升起时，它便会将我们的影子投射在雾墙上。如果雾墙与我们之间的距离较远，那么影子就会被相应地放大，有时看上去甚至像巨人似的。但是,你不得不承认,这是一个人畜无害的幽灵,它不会对任何人造成伤害,最后,只会随着雾气飘向四方!"

"乌拉波拉,"小女孩儿问道,"海因里希后来还看到了其他幽灵吗?"

"那是当然啦!他是一个愚蠢的傻瓜,总是会创造出新的幽灵,就像以此为生似的!"

有一天夜里,他要给主人送去精密的医用仪器,因为有个病人生了一个恶疮,必须马上动手术。海因里希看到村庄前面有一块大大的草地,他决定抄近路,横穿草地和田野。附近有个大湖泊,所以草地上有些地方非常泥泞。天色慢慢地暗了下来,村里隐隐有灯火在闪烁,海因里希可以就着微弱的亮光前行,小心地避开泥潭。一开始,海因里希还是非常顺利的,突然,他看到了一个诡异的现象!在他面前的黑暗中,有一道奇怪的小火苗在跳舞,它上蹿下跳,有时在这里,有时在那里,有一次甚至离他的手非常近,当他想伸手抓住它时,那小小的光就熄灭了。

与此同时,我们的海因里希注意到,自己已经迷失了方向,脚下的沼地在不停地摇晃。他环顾四周,发现背后有一丝微弱的光亮。"啊哈,"他想,"那是村里的灯光,我差点就走错路了。"

于是,他走向那些灯光。但奇怪的光又在他面前闪烁起来,在空中离地面不远的地方自由地舞动着。"你去跳你的舞吧,地狱之子!"他说道,"我走我的路,如果你想跟着,那就跟我走!"

谁知,那些海因里希原以为是村庄里的灯光在一瞬间又涌现在他眼前——那光亮不是固定不动的,它们在他面前跳舞;当海因里希转过身,跳动的火苗依旧在他周围闪烁个不停。此外,周围还传来了一种奇怪的嘶嘶声和阵阵窃窃私语,就像茶壶里的水正在沸腾一样,地面变得越来越软,就像走在橡胶上似的。有时,那声响听起来又像压抑的嬉笑声,当他小跑着想要逃离这个诡异的地方时,那些绿色的火苗就会在他面前躲开,又在侧面消失,但是新的火苗会再次出现在他的脚下,好像是从地下爬出来的。

最后,可怜的海因里希停了下来,浑身颤抖。水已经灌满了他的靴筒,诡异的火光也完全没有消停的意思。这个可怜的家伙呆立在那里,完全不知所措。此刻,他迷失了方向,甚至无法判断村子在哪里,因为除了来回跳动的绿色小火苗,他根本看不到村子里的灯光。

"肯定是魔鬼,"他对自己说道,"肯定是鬼魂。我就知道,鬼魂是绿色的,它们可能是死者的灵魂,可能是淹死在这片沼泽地的死者亡灵。无论如何,它们都是幽灵,因为它们总是在夜晚出现,在这里徘徊,跳着千人一面的舞蹈,不停地窃窃私语，最终成功诱导人们误入歧途。我真想知道我的主人——霍恩医生这回该怎么解释这些邪恶的魔鬼！"

海因里希一动不动地站了很长一段时间，这次，他真的不知道该如何摆脱困境。有时，这些奇怪的小火苗会离他很近，他甚至可以用手抓住它们。他愤怒地抓了好几次，但却一无所获，小火苗在他的手指间瞬间熄灭，就像是没有实体的虚无，没有一丝温度。

后来，海因里希在那里站了足足有一刻钟。突然，在某个遥远的地方，传来了一辆马车在沙道上行进的声音，他高兴地竖起耳朵仔细倾听。谢天谢地，马车慢慢地走近了，过了一会儿，他听到了马车上面有两个人在对话。又过了一会儿，海因里希看到了马车灯的红光。他赶紧向马车的方向跑去，水花在他的周围四溅。很快，他就追上了马车。

"你好！你好！"他喊道。

"你好！"马车上的人回答道。

"这是去村子的路吗，你们是要去村子里吗？"

"没错！如果你想搭车，那就上来吧！"

然后，海因里希迅速跳上了马车，心中不免为有这样的好运气而高兴。

"你是从沼泽地里出来的吗？"其中一个农民说道，"你迷路了吗？晚上去沼泽地并不安全，一不小心就会深陷泥潭，甚至可能会被淹死！"

于是，海因里希就给他们讲述了自己的遭遇，讲述了那些跳跃的火光是如何让他迷路的。

"见鬼了！"农民们喊道，"那是鬼火！这些恶魔般的东西欺骗了好多人。鬼火引诱着人们离开正确的道路，把他们引向越来越远的沼泽地，悄无声息地淹死他们。据说，在几百年前，村里住着一群心狠手辣的农民。一个雨夜，一群饥饿的乐师路过这个村子，向村民们讨要食物，想要借宿一晚，村民却把他们赶走了。乐师们不得不钻进沼泽地，结果全部淹死了。现在，他们的灵魂一到晚上就会冒出来，在那里跳舞，引诱村民进入沼泽地，让他们也尝尝窒息的感觉。传说就是这样的，但是牧师和学校里的教师认为这是胡说八道，他们认为在沼泽地里看到鬼火是一件很正常的事情！"

"真是见鬼了！我是说，那群可恶的鬼魂和魔鬼！"海因里希怒气冲冲地喊道，"必须叫警察来管一管！但他们只会在晚上有酒鬼在马路上唱歌的时候，才会出来管一管。其他事情一概不管！"

"是啊，是啊，"农民附和道，"就是这样的！"

马儿在他们的"驾、驾"声中小跑着前行，不一会儿就拐进了村中的小道。但海因里希这次很谨慎，没有把他的经历告诉医生，因为他知道，医生肯定又会嘲笑他……

"我以前见过这样的火光！"故事说到这儿，有一个孩子插话道,"夏天的晚上,它们会在树间飞来飞去,非常有趣,就像一个个小绿灯笼,比针头还小!"

"哦,它们不是海因里希遇到的那种飘忽不定的鬼火,而是大家都知道的萤火虫。"乌拉波拉回答道,"它们在灌木丛中飞来飞去,或者在温暖的夏夜躺在草叶上,每个人都为见到这些可爱的小家伙而感到高兴。但在沼泽地里的火光,那完全是另一种东西,在那样潮湿的地方,很多植物会在地下腐烂,然后就形成了跳跃的小火苗,人们被它们带入泥潭或沼泽地的情况时有发生。这一切都是自然现象,并没有什么诡异的地方!你们看,凡是有东西腐烂的地方,都会形成腥臭的气体,沼泽地中的植物腐烂也会产生这种气体。如果你们在天气晴好的夜晚走过这样的地方,也会听到有奇怪的窃窃私语和嘶嘶声,就像海因里希听到的一样,但这些不是什么鬼魂,而是数百万个小气泡从地底升起后发出的声响和它们的爆裂声。然而,这些气体有一个特性,它们会自燃,所以它们经常会以小火苗的形式盘旋在泥潭和沼泽地上。这些小火苗就是鬼火,也叫磷火。你们看,它们不是鬼魂,但却又很神秘。博学的先生还没有研究清楚这些气体是如何自燃的。它们不是真正的火焰,灯笼里的火焰才是真正的火焰,而它们更像是火柴上的磷,会发出清冷的、奇特的光,在微风中像一缕轻烟般来回飘荡,所以看起来就像在沼泽地上跳舞一样。

"是的,孩子们,世界上是有一些奇怪的事情。一些没怎么接受过教育的人，在碰到这些事情的时候，很容易就相信奇迹和魔力，你们不能责怪他们。但是如果你们仔细观察和研究这些事情的话，就会发现，这些事情并不比飘浮在天空中的云彩或者一颗小种子长成玉米穗更为奇妙。然而，海因里希在这些事情上却是个冥顽不灵的老顽固！经年累月，海因里希坚持相信幽灵的存在，拒绝接受任何教育。事必有三，我就再给你们讲一个关于他的小故事吧！"

那是一个夏末的夜晚，他从哈宁克雷走回戈斯拉尔时，又要穿过一片漆黑的森林。夜晚虽然美丽，但森林里黑暗无比，天空阴沉沉的，到处都是奇怪的声响，那是树枝发出的沙沙声。此刻，海因里希脑中又冒出了各种愚蠢的想法，令他毛骨悚然。

突然，他听到一声惊恐的尖叫和沉重的拍打翅膀的声音，一抬头，他看到在离他最近的松树上，站着一个奇怪的东西。

它差不多有一个人高，从头到脚都闪烁着奇怪的黄绿色光芒；它的头非常大，是不规则形状的，我们可以看到一双深邃又有神的眼睛，浓密的毛发飘动在它宽大的额头上，尽管此刻的森林中没有一丝风；它还有着强壮的、煤黑色的手臂，向外伸展着，似乎想要在海因里希走过去时抱住他。此外，这个阴森可怖的家伙还在不停地叫唤着，有时像小孩子的哭泣声，有时又似凄惨的呻吟。

海因里希越看越觉得是可怕的幽灵在黑暗中闪闪发光,他像被钉在了地上一样,不敢走上前去。

海因里希在心里咒骂着这个"该死的魔鬼""警察都管不着的可恶幽灵"。那东西就杵在那里,一动也不动,只能看到它头上的毛发在发光的额前来回飞舞。对了,它还一直都保持着张开双臂的姿势。

突然,海因里希的登山手杖被吓掉,面前的幽灵应声尖叫着冲向海因里希。海因里希没有看清或听清更多的东西,便立马转身,大叫着冲出松树林,任凭树枝打在他的脸上。跑了很远的一段路之后,他停了下来,气喘吁吁地走上树林外圈的小道,又绕了很大一圈路,很晚才筋疲力尽地回到家。

"这一次,"他说道,"我要给医生好好讲讲!我要告诉他,我在森林里又遇到了可怕的幽灵,还丢失了一根美丽的登山手杖,我再也不要在晚上独自出去干这种差事了!我很想知道他对这个新的幽灵事件还有什么说辞!"

第二天一早,海因里希就跑去跟医生讲述这次遭遇。老医生已经非常了解他了,不想再惹恼这个本性还是不错的家伙,就对他说道:

"这样吧,能干的海因里希!今晚我和你一起去走一走这条路。因为我今天要去给哈宁克雷生病的老师看诊。如果我不能当场向你解释清楚这件事,那么你就是对的,以后也就不需要在晚上带着药品穿越树林了。但如果你又做了回冒失的胆小鬼,那么我只能说:海因里希,你真是个大笨蛋!"

傍晚时分,他们如约出发了。很快,他们就来到了昨天海因里希受到惊吓的地方。登山手杖仍旧好端端地躺在林间小道上,十步之外有半截高大的树桩,已经断裂腐烂了。蕨类植物生长在腐烂的树桩上,低低地垂下。在树桩后面,有一棵小云杉,树枝向外伸展着。医生还根据此处遗留下来的种种垃圾和羽毛做出推断,在这个树桩的顶部可能栖息着一只小猫头鹰。

啊哈!医生对自己说,这就是幽灵!但他对海因里希笑着说道:"你来看看这里,我亲爱的伙计,这就是那个一直在愚弄你的可怕幽灵。腐烂的木头在黑暗中往往会发光,待会儿我们回程时,天就完全黑下来了,那时候你就会看到树那里又发光了;而你所认定的幽灵的眼睛,只不过是两片长在那里的苔藓;所谓的头发则是低垂着的蕨类植物;口中的手臂,是树桩后面云杉的两根大树枝,而喵喵的叫声和啜泣声则是来自一只小猫头鹰,它就站在树桩上,让蕨类植物飘动的就是它。当你的登山手杖掉落时,鸟儿被吓坏了,便尖叫着飞走了!幽灵故事的原委就是这样的!"

海因里希半信半疑,但他还是要为自己口中的幽灵作一点辩护。"它看起来太诡异了,"他说,"但如果今晚那老树桩真的还在发光,我就会相信我是错的!"

医生看完了诊就和海因里希一起启程回家。晚些时候,他们又来到了那根腐烂的树桩前，它真的如医生所说的那样，闪烁着明亮的光芒。"你看看！这回你该相信了吧！我是对的！"他说道，"快去掰一点儿，我们带回家去！它会发出强烈的光，你可以在夜里就着它看清你的怀表。让我再来给你讲讲这种光是怎么来的！在这个世界上，存在着非常多的发光杆菌和真菌。特别是在温度比较高的时候，像那些腐烂的鱼啊、肉啊，它们在黑暗的房间里也会发出非常强烈的光芒，因为数以百万计发光杆菌已经定居在它们身上。在南美洲，人们会看到一些蘑菇在黑暗的森林里发出幽灵般的光芒。而我们的这棵老树桩上就长满了非常多细小的真菌菌丝，就是它们导致木材腐烂，并使腐烂的物质发光。这并不难理解，对吗，老伙计？但这都无济于事，你永远都会看到新的幽灵。这就是为什么我老是会说：海因里希，你真是个大笨蛋！"

钻石和它的兄弟们

有一天，我们这些孩子又聚集在老朋友的房子前，正准备上去找他时，突然爆发了争吵，原来是鞋匠的儿子也想听童话故事、吃蛋糕。但他看上去很寒酸——脚蹬一双木拖鞋，身穿一身打着补丁的破旧衣衫，与其他孩子格格不入。富有的议员的儿子不想让这个小可怜虫跟着他一块上楼。

"你这个无赖，可不能穿成这样去找乌拉波拉博士！"他一遍遍地嚷道。其他孩子则认为，他完全可以跟着一起来，而这个可怜的小家伙则不高兴地站在一旁，犹豫不决。

这时，老乌拉波拉轻轻地打开了楼上的一扇窗户。他听到了这场争吵，突然咆哮起来——我们很少听到他的声音如此愤怒。

"你们这群可悲的、一无是处的人！"他愤怒地叫道，"你们是不是已经开始像那些成年人一样，根据衣服的价格来衡量一个人了？如果你们再这样做的话，魔鬼就会把你们全都抓起来！如果我再听到任何这样的话，你们就别想再到我家里来！但现在，你们都上来吧，小鞋匠汉内斯先上来！我来给你们讲个小故事，你们听了后就会知道，穿着工作服的人比穿天鹅绒、双排扣的花花公子和游手好闲的人更有价值。你们还可以回家告诉自己的父母，老乌拉波拉教给你们的道理，因为他们显然不懂这些！"

老克里斯蒂娜端来了蛋糕和茶，小汉内斯紧挨着温暖的炉子坐着，心里因为有位严厉的老人如此照顾自己而高兴不已。乌拉波拉先把长长的烟斗塞满，嘟囔完各种废话后才正式开始了他今天的故事。

有一个人非常富有，他拥有许多矿场、船舶和工厂。在他的办公桌上，放着一枚珍贵的钻石戒指。这枚钻石有豆子般大小，闪烁着如火焰般绚丽夺目的光芒；它穿着金灿灿的外衣，身价不菲。

在它身边躺着一支朴素的铅笔，穿着棕色的杉木大褂。整个上午，主人都用它在纸上计算数字、制订计划，现在刚刚工作完，铅笔才得空休息。房间里很安静，只有高大的摆钟慢慢悠悠地说着："嘀……嘀嗒……嘀嗒……嘀！"

忽然，正在打瞌睡的铅笔听到身旁传来一个优雅的声音，原来是钻石。

"这里的氛围真沉闷,"它说道,"我们这种人,习惯于闪亮奢华的宴会,在那里可以听到各种有趣的故事,我在这里完全无法适应。"

穿着杉木大褂的铅笔沉默不语,它很累,只想继续睡一会儿,不愿意搭话。

钻石很恼火。"真是一个粗鲁的家伙。"它在心里默默念叨,"它肯定不知道我是个什么人物。"于是,它散发出更为璀璨的光芒,故作亲切地说道,"请允许我介绍一下自己。我的名字是钻石男爵,来自南非。我的妻子是珍珠,生来就承袭了伯爵之位,它的家族从远古时代开始就已经是贵族了。对了,它还是海洋之王海王星的亲戚。"

"我叫铅笔,"对方说道,"我只是这里的一个普通员工,做着我该做的工作,对其他人不太关心。"

"一直为别人工作,那一定是非常无聊的,这不是我要的那种生活!"

"一点都不无聊!"铅笔回答说,"我的工作非常有趣,因为主人制订的所有新计划,我都会在第一时间知晓。在这之后,全世界都会谈论这些计划。生意人和报社的记者早就候在那里,想要倾听我们的新想法;在我今天早上所写的一切公布之后,上百个工程师和成千上万的工人也将有新的工作要忙。你看,那边是我最大的竞争者——钢笔先生。它很生气,因为主人没让它承担这项工作。对于我们来说,工作是最重要的事情，而对你们来说，享受才是最重要的事情。"

"各司其职。"钻石男爵傲慢地说道，"我也有一个劲敌，那就是红宝石，它可羡慕我了。虽然有时候，主人也会把它戴在手指上，但它远没有我那般优雅，所以它不会被引入特别高贵的圈子，只是像滴血一样，而我却能像彩虹一样闪耀着虹光，每个人都能在第一时间就看到我高贵的出身和巨大的价值！"

"是的，是的，你以前也这么说过，"铅笔说道，"但实际上你一无是处，如果不是我们都在这里努力工作，赚了很多钱，我们的主人可买不起你。"

"没错，这个世界必须要有工人的存在，我们不可能都成为高贵的人。"钻石回答说，"但我就是不适合辛苦地工作，那太单调了！你就窝在这里，每天做着同样的事情，什么也没有经历。而我见多识广，经历着生活，知道生活究竟是怎么一回事！"

"那你可不可以给我描述一下，外面的世界是什么样子的？"铅笔问道，"这是我喜欢听的东西，因为我一直都要在这里忙碌，还没有机会去看看世界！"

"这是个很长的故事，"钻石男爵说道，"但如果你感兴趣，我会告诉你的。作为一位杰出的绅士，就必须偶尔为穷人做点什么。所以，你听好了！我和我的许多兄弟都出生在南非。我们藏在岩石的深处，也就是漆黑的地球内部。要知道，人们并不会珍视那些唾手可得的东西，但却会格外珍惜那些稀有之物。

"一天，一大批黑人劳工来到南非，他们不停地锄地、铲地、挖地，为的正是要寻找我们。他们都是贫穷的黑人，这样的搜寻工作是有报酬的，但如果他们成功地挖到了我们的话，是不可以私藏下我们的。为了防止他们偷偷把我们藏进口袋，他们便被要求裸体做工。人们也会去印度或巴西寻找钻石，但没有任何地方能像我们的祖国南非那样，产出如此硕大华丽的钻石。我的一些兄弟甚至比我更为显赫。现在，有史以来挖掘出的最大的一颗钻石属于英国国王。它被取名为'库里南'，足足有孩子拳头一般大小，重量超过一磅，价值一千六百万马克①。一整支部队护送它来到了伦敦，生怕它在途中被人偷走。而那个发现了它的可怜的黑人仅得到了一千马克、一匹带马鞍的马。一个名叫'艾克沙修'的钻石也来自这一地区，它只有'库里南'的一半大小，价值一千二百万马克。著名的'柯伊诺尔'钻石，它名字的含义是'光之山'；我这个全世界闻名的亲戚同样属于英国国王，它产自印度，价值约八百万马克。后来，英国人打败了印度人，并从他们那里夺走了这颗钻石，分文未付。'柯伊诺尔'曾经被镶嵌在印度著名寺庙中的神像上，作为神像的眼睛，英国人就是从那里把它抢走的。

---

① 原德国货币单位。

为了得到它，人们大开杀戒。是的，人们就是这么贪婪！"

"在我的身上，没有沾染过一滴血。"铅笔说道，"我很高兴，自己只是一个普通人，做着普通人的工作，过着普通人的生活，享受着普通人的平静。请你继续讲下去吧！"

"是的，大千世界总是光怪陆离！现在请认真地听一听，发生在我身上的离奇故事吧！有一天，我身边的地里来了一把镐，接着，又来了一把铲子，于是，我和身边的岩石一起被扔进了一辆手推车，车上面已经堆满了各种各样的岩石块。在一个大厅里，人们仔细地检查着这些岩石。由于我碰巧躺在手推车的角落里，外表不太起眼，又被厚厚的外壳包裹着，他们并没有发现我。但是推车的黑人注意到了我，他把我藏在腋下，想偷偷留下我。然而，他的一个同伴发现了这个秘密，于是他就把事情的原委告诉了那个同伴，他们两个便决定一起逃亡，逃到开普敦，甚至欧洲卖掉我。

"趁着夜色和浓雾，他们真的逃出了那贫瘠的灌木丛和浓密的树林。但是贪婪让他们走向了灭亡。他们中的一个睡觉时被另一个刺伤，独自带着我继续逃亡。但矿上的警察已经开始追捕他们了，因为所有人都能猜到，他们是因为偷了一颗价值连城的钻石才逃走的。因此，那个小偷兼凶手不得不一个人快马加鞭、日夜兼程地穿梭在森林小道上，以逃避追捕。他迷失在荒野，又找不到什么食物，最后，他倒下了，饿死了。几周后，人们才发现他，他的尸体已经被太阳晒得干瘪，而黝黑的手里还紧紧地握着他的赃物,就是我。"

"所以说,你的贵族身份终究是毫无用处的,"铅笔打断了钻石,"我猜想,那个饥肠辘辘的黑人在他生命的最后时刻,肯定很乐意把你送出去,以换取一块干面包!"

"真的有可能是这样的,亲爱的!"钻石居高临下地反驳道,"像我这样杰出的宝物,肮脏的黑奴是不配拥有的。他应该把他的手老老实实地放在身侧。但是,请继续听我讲!

"接着,我便回到了我合法的主人身边,后又被带去了荷兰的首都阿姆斯特丹,那里居住着最伟大、最著名的钻石经销商和钻石切割师;也只有在那里,我才能被真正唤醒,因为每一颗钻石刚从岩石里被挖出来的时候,都像普通的石头一样难看,只有当它被切割开来,打磨一番,它才可以反射光线,绽放出璀璨的光芒。后来,我被送到了一个金匠手中,他给我围上了金腰带。随后,我就来到了巴黎,躺在了最知名的珠宝商的橱窗里——聚光灯在上,一块蓝色天鹅绒的垫子给予了我温柔的怀抱,所有经过的路人都会停下来惊呼:'哇!多么华丽的宝石!'女士们往往会停留很久,用乌黑亮丽的眼睛久久地凝望着我,最后叹了口气,离开了。

"一天晚上,发生了一件可怕的事情。一个男人穿过无人的街道向我走来,刹那间,他就用一把锤子打碎了橱窗,抓住了我。随后,他带着我匆匆穿过许多纵横交错的小巷和街道,但仍未能逃脱,因为卫兵们已经听到了玻璃被砸碎的声音,迅速赶来追捕他。他在一间黑暗的屋子里被抓,并被正式逮捕。一时间,我名声大噪,登上了各大报纸。作为证物的我还被带到了法官面前,那个小偷因为我被关了很多年。我终于可以从他肮脏的手中解脱出来,重新躺回到我的天鹅绒垫子上,路过的人们对我更加迷恋:'这就是那个小偷偷走的大钻石。'

"后来,一位尊贵的男士来到了珠宝商那里,他的手臂上挽着一位美丽迷人的年轻女士。她是巴黎大剧院的著名舞者,那个面色苍白、神色严肃的男士爱她胜过了自己的生命和名誉。美丽的女士深深地爱上了我,并一再恳求她的男朋友把我买下来,制成项链送给她。这位神色严肃的男士犹豫了很久,后来,他妥协了。于是,我就成了那位著名艺术家的囊中之物。傍晚时分,我被镶嵌在一根精致的金项链上,第一次挂到了她白皙的脖子上,和她一起走上舞台,在明亮的舞台灯光中熠熠生辉。这对我来说是多么美妙的一天啊!多么优美的音乐,多么绚丽的色彩啊!这一切都让人心潮澎湃。成千上万的观众举起了他们的观剧望远镜,目不转睛地盯向我。先生们傻笑着,女士们羡慕得脸都绿了,但那些又老又丑的人却叽叽喳喳地说,这是个丑闻,但我却不理解这一点。

"世事难料,一件令人难过的事情发生了。宽敞的剧场大厅里,闪闪发光的金色立柱和红色的天鹅绒厢座间充斥着美妙的音乐,可爱的女士们穿着像云朵般柔软的礼服在我身边跳舞。此时，那个严肃苍白的男人坐在家里的书桌前算着账。后来，他给任职的银行写了几封信，信中提到，他挪用了公款，现在却还不上，因此不得不以死谢罪。写完之后，他从抽屉里掏出一把闪亮的东西，一声巨响后，他就死了。"

待在"高贵的"钻石旁边，铅笔只觉浑身难受，如果可以的话，它还想往远处挪一挪。"我的天，"它说道，"你的美丽和高贵只会造成不幸。我没有你那么高贵，真是万幸！"

"好吧，"钻石男爵微笑着回答道，"在那些愚蠢的人类面前，我又能做些什么呢！报纸又争相报道了这起自杀丑闻，我变得比以前更有名了。然而，这位美丽的舞者也因男朋友的死亡而遭遇了不幸——她不得不离开这座辉煌的剧院，又不得不卖掉我，出走他乡，穷困潦倒地死去了。最后，我来到了现在的主人身边，他把我镶嵌在一枚戒指里，我的故事也就这么结束了。你看，全世界都喜欢我、羡慕我，我属于那最高贵的阶层。"铅笔没有回答，它不知道该怎么回应这句话，因为在它看来，钻石男爵和它那承袭爵位的妻子珍珠并不是真正的高贵。突然，一个粗俗又刺耳的声音从房间的一个角落传来。铅笔和钻石男爵都被吓了一跳。

"亲爱的先生，你就不要吹牛啦，否则会吹爆的！你引发了如此多的惨剧，虽然你没有感到不幸，但我们的主人可能会因此而感到恼火！"

房间角落里有个漂亮的壁炉，炉壁上嵌着亮绿色的瓷砖，镶着金属的小门，透过乳白色的玻璃，可以看到里面灼热发光的煤炭。壁炉旁边还放着一个漂亮的容器，里面堆满了煤炭，边上还放着一把镍柄的小铲子。钻石和铅笔注意到，说话的就是一块巨大的、漆黑发亮的煤炭。它继续说道：

"有三个人因你而死，还有两个人因为你而进了监狱，遭遇不幸，这一切都是因为你这么一个游手好闲、偷人时日的家伙，你就是这样的人，即使你闪烁着如此美丽的光芒！"

"我亲爱的伙计，从你的言语中我听到了羡慕——我来自一个贵族家庭，而你只是一个劳动者，要给房间供暖，褂子油腻万分，连仆人都只会用铲子来碰你！"

坚硬的煤炭声音低沉地笑了起来："哈哈哈！你这个虚荣的小人！我和你，以及我的朋友铅笔，都来自同一个家庭，我们三个是血缘上的兄弟。我和铅笔都成了勤勤恳恳的工人，你则是一个只会激起人们虚荣心的闲人！"

"兄弟，为什么是兄弟？"钻石不情愿地说道，"钻石怎么可能和煤炭、铅笔是兄弟？"

"但事实就是这样，"煤炭咆哮着，"即使这让你感到不舒服。我们三个人都来自同一个家庭，我们的父亲都是碳。只不过，你是结晶的碳；而铅笔，实际上叫石墨，也是碳；我也一样，只不过我的体内含有很多其他物质。"

"我不明白。"钻石说道。

"这很简单，"煤炭回答说，"你看，你面前桌子上的鲜花，它们插在水里,窗户的玻璃上结着冰,外面有一辆火车刚刚经过,火车头那里升起了白色的蒸汽。它们和我们一样,也是三兄弟——玻璃瓶里的水,玻璃窗边的水结晶成了冰,火车头喷出的白色云朵是汽化的水,它们都是水做的。而我们三个同样如此,都是碳做的,所以我们是兄弟!"

"好吧,好吧。"高贵的钻石和顺地说道,但依然摆出高高在上的姿态,"那么,我肯定也能像你一样在火中燃烧,煤炭也可以用来制造钻石咯!"

"当然啦,这位高贵的兄弟!当然可以这样做,而且已经有人做到了!在炽热的火焰中,你会和我一样燃烧,已经有人用煤炭做成了小颗的人造钻石。当然,这个过程还是非常困难的,因为人们还没有找到大自然缔造我们结构的秘方。是的,你的高贵就是这么来的,如果仔细探究,真没什么了不起的。无论如何,你都是最没用的。你的同类中只有一个是勤劳的好人,那就是玻璃匠切割玻璃时用的金刚钻,只有它拥有正直善良的灵魂。诚然,它身上总是有点油烟味,而且你肯定不会承认它是你的兄弟,但我更喜欢它,而不是你!"

"好吧,"被严重冒犯的钻石男爵反驳道,"你可能比我更了解我家族中的关系。但即使我们之间存在亲缘关系,有一件事你也不能否认,那就是我现在是,而且会一直是我们家族中最高贵的!"

"尊贵的先生,"火炉里那善良的黑色工人好意地劝说道,

"不要以为和你有关系是件让人很高兴的事情。你当然比我和我的兄弟铅笔更漂亮，但你是最不光彩的一个人，甚至曾参与过谋杀和抢劫……我并不因是你的亲戚而光荣。尽管我的衣衫漆黑，但从实质上讲，你会不会比我更高贵，这恐怕还很难说，因为如果没有我们这些煤矿工人，这人世间就会变成地狱；我们哪怕只罢工一天，主人的损失就会比你和你的珍珠妻子的身价高出十倍——我们用自己的力量驱动着成千上万的工厂；为人类的大型城市提供光明和温暖；不间断地驱动铁路列车从一个国家行进到另一个国家；在汪洋大海中给予船只动力。皇帝和臣民、主人和仆人、富翁和乞丐，无论是谁都要依靠我们的力量，如果我们罢工，世界上正在运行的一切都会停止。但是，我们来比较一下，如果今天把世界上所有的钻石都扔进水里，那么，也不会发生什么糟糕的事情，世界上的任何齿轮都不会因此而转得更快或更慢。好了，我们安静些吧，我听到主人回来了，他可不喜欢听我们唠叨。再见了，你这个虚荣的小东西，请代我向你的妻子——世袭伯爵珍珠问好！"

煤炭大笑起来："哈哈哈！"尖头的铅笔也欢快地笑着："嘻嘻嘻！"而钻石男爵却恼羞成怒，一句话都说不出来了，只像小老鼠一样，不敢吱声。现在，碳石三兄弟都安静了下来。

这时，门突然打开了，主人走进房间，把他的仆人叫了进来。"再加点煤,"他说道,"天气太冷了,我还要工作很长一段时间!"他坐在书桌前,拿起铅笔,开始奋笔疾书。

钻石戒指被主人不经意间推到了一边。他现在用不着这个!

"看,孩子们,"老乌拉波拉说道,"世界就是这样,这就是为什么你们要牢记一句话:重要的从来不是衣衫,而是这个人可以做什么。"

一棵老树

"孩子们,老乌拉波拉今天要讲的是一棵老树的故事!"

在静谧的森林里,有一棵老树已经站了足足上百年,可它最终的结局却是如此出人意料。

它长得像蜡烛一样笔直,这正是云杉引以为傲的地方;深绿色的针叶厚实饱满,当风拂过森林时,树叶沙沙作响,就像鹳鸟击喙似的摇晃着枯枝。小鸟们坐在散发着松脂香的针叶上唱着歌。啄木鸟不停的敲击声让老树的脑袋嗡嗡作响,松鼠在浓密的树枝间追上追下,玩起了躲猫猫。

冬天,云杉宽阔的臂膀上积满了厚厚的白雪,在霜冻时节,它的枝条上就会缀满晶莹的钻石,时不时发出噼里啪啦的声音,从很远的地方都能听到。麋鹿和狍子来了,它们蹭着树皮,寻找食物。狡猾的狐狸也会竖起耳朵,悄悄躲到老树处,在树干后面等着野兔的出现。晚上,这里还时常有猫头鹰出没,它会像襁褓中的婴孩一样呜呜地啼叫。

春天的时候,太阳暖洋洋的,鸟儿在欢快地歌唱。但某一天,这里来了一位老爷爷和一位老奶奶,他们手拉着手,缓缓地走到那棵老树前,停了下来。

"就是这棵树。"老爷爷擦擦眼镜说道。

他围绕着树干细细寻找,用手抚摸着开裂的树皮。

"在这儿,"他突然高兴地喊道,"就在这儿!哦,那是多久以前的事情了,那时的我们是多么年轻啊!"

没错,在这棵老树的树干上刻着一颗心,下面还有两个字母,但由于年代久远,字母已经模糊不清。四十年前,当老爷爷还是个年轻的小伙子时,他来到这里,在树皮上刻下了这个标志,岁月忽已晚,两位老人如今站在树前,没有说一句话,又手拉着手离开了。

是的,这样的一棵老树就像一个忠实的朋友。当正午的太阳毒辣辣地施展它的威力时,年轻的猎人经常会在它的树荫底下休息,他也非常爱它。

直到有一天,这一切都结束了。伐木工人带着锋利的锯子和斧头来了,给许多树宣判了死刑。林务员来了,在这棵老云杉的树干上用粉笔画了三个"十"字,这就是它的死刑判决书。

"对不起,老伙计,"看林人说道,"但这是没办法的事,世界需要木材！"

唉，这是没办法的事。于是，那些伐木工人锯开了树干。鸟儿们听到老树的呻吟声，被吓得飞远了。有只椋鸟曾在树顶搭了个窝，一直住那里，现在也不得不迅速搬走。它飞到离老树最近的一棵树上，喋喋不休地骂了好几个小时，它讨厌那些森林和平的破坏者。

接着，这些伐木工人把绳子套在树上，喊着"哟嘿，哟嘿"，随着一声巨响，云杉倒在了布满青苔的森林地面上。

老云杉的树枝被砍掉了，厚厚的棕色树皮被剥掉了，长长的、光秃秃的树干像具尸体一样躺在地上。几天后，一辆由四匹马拉着的巨型货车驶来，把树干拉走了，老树就这样离开了它的家，来到了城里，来到了锯木工厂。

从黎明到黄昏，工厂里的锯子一刻不停地发出刺耳的声音，将原木切成小段，然后再由削片机将其全部切成薄片。是的，锯木厂是一个非常吓人的地方，它已经吞噬了整片森林，喜爱绿色森林的人们绝对不会喜欢那些长着无数锋利牙齿的锯子。

几个月后，在夏天的阳光下，两位老人又一次走进森林，可是他们再也找不到那棵老树了，原来的地方只剩下一个光秃秃的树桩。他们在那里站了很久，离开时，老奶奶的眼睛里泛着泪光。

年轻的猎人也找不到他的宝贝了，闷闷不乐地把猎枪甩到肩头，回家去了。

在此期间，老树切成的薄片已经被转移到了一个大型造纸厂。它们被扔进了一口巨大的锅里，里面沸腾着刺鼻的汤汁，老云杉的木片就这样熬成了厚厚的纸浆。纸浆又被漂染成了白色，放在滤网上，水被蒸发掉后，木浆就变成了薄薄的、湿漉漉的毛毡似的纸。接着，毡纸经过许多道滚筒和碾压的工序，变得越来越薄，终于变成为美丽光滑的纸张。

看！谁能想到这棵老树可以做出这些东西来！真神奇！但人们都会说，如果不经过书写或印刷，那么这些漂亮的白纸又有什么用呢？住在大城市的长发诗人也这么认为，因此，他拿出几张漂亮的白纸，用笔蘸着墨水，在纸上写下韵律和诗句；他歌颂森林里的绿树，住在枝头上的鸟儿，他说：在造物主创造的广袤世界里，没有什么比安静的森林、沙沙作响的树叶更美丽。诗人完全不会想到，他能在白纸上写下关于森林的诗歌，是以那棵老树的生命为代价的。

由云杉树干制造出的纸张大多进入了一个大型印刷厂，诗人那本关于森林的诗歌印刷了一万册，这棵树变成了一万本书，流向了全世界。

其中一本来到林中小屋，年轻猎人的住所。他带着这本书走进了寂静的森林，那儿长着葱绿的枞树和山毛榉。他躺在一棵高大的树下开始阅读。

"言行不一！"他愤怒地说道，"就是城市里的人来砍了树，用树来做纸，用纸来做书，讽刺的是，在书上居然还写着：应该去到绿色的森林里，并保持其圣洁。讽刺至极，那棵老树因此而死，真是太可惜了！"

于是，他抓起那本书，把它远远地扔到绿色森林的深处。

书在那里躺了很久，蚂蚁在书页之间爬来爬去；狡猾的狐狸疑惑地看着它，无法理解这个奇怪的东西；椋鸟对着它鸣叫，看起来莫明其妙，因为它对诗歌一无所知。太阳把纸张晒黄了，晒干了；雨水又浸湿了它；霜冻撕裂了它；老鼠啃咬着它；冬天的雪把它溶解成一团糨糊。糨糊慢慢地渗入地下，流向一棵小云杉生长的地方。它纤弱的根茎吸收糨糊作为营养，书就这样把它从老云杉身上拿走的东西，还给了小云杉。

神奇的约翰

很久很久以前,在巴塞尔,有一个著名的钟表匠,他是世界上无与伦比的钟表艺术大师。他制作了一种奇妙的时钟,时钟里面有各式各样可以活动的小人儿,每隔一小时就会从内部弹出转一圈,弯腰致敬,还会用手里的小棍指向时间,接着转身用小锤子敲打银铃来播报时间,然后再次鞠躬,转回原处消失。

人们从世界各地赶来欣赏艺术大师打造的时钟,王公贵族则花大价钱在他那里订购华丽的作品。这位大师创造的作品一件比一件美妙。看这一件,里面有一个纯金打造的士兵,每天正午时分都会把小号举到嘴边,吹出一首有趣的小曲儿,然后用手枪进行射击;他的那匹马还会嘶叫,用右前蹄刨地。看那一件,一只人造鸭子,它可以在水面上游泳,还会嘎嘎叫,真是惟妙惟肖,全世界的人都不禁为之震惊。当他把小鸭子放在地上时，它还会走路，不时拍打翅膀。这只人造鸭子简直是人类手工艺术的巅峰之作，后来它被一个富人用几千瑞士法郎买走了。

贵族们的宠爱把大师宠坏了，他的心气儿越来越高，一心想着要创造独一无二的东西，这样一来，他就能名垂青史了。他日夜思索着这个问题，最后，想出了一个主意——他要制造一个机器人，一个用金属制成的人，一个与真人一般大小，可以模仿人性和人类行为的人。

从此以后，这位大师就把自己关在工作室里，不让任何人进来打扰。他不停地算着、画着，终于把他伟大的构想落到了纸上。紧接着，他开始着手把它制作出来。所有的工序他都亲自负责，因为他不想与任何人分享这份荣耀。他用铁和青铜铸造模具，不停地锻造、锤打、锉削、钻孔，制造了无数个轮子、杠杆、关节、轴承、曲柄、弹簧和砝码。这项艰巨的工程进展缓慢，在这期间，他也没有承接其他工作，攒下的钱很快就用完了，自己的家庭也因此陷入窘境。

妻子说道："这个家很快就要破产了。一年又一年，你就坐在工作室里做着神秘的工作，没有任何一个人，包括我，知道你在制作什么艺术品。你还把所有老顾客的订单都拒之门外，很快就没有人上门订货了，我们真是不知道该怎么活下去了！"

"真见鬼！"大师生气地说道，"我只是想制作一个能让世界上所有学者和艺术家都为之惊叹的东西，一个能吸引世界各地的国王都聚集到巴塞尔的东西。那时，我也将闻名于世，被任命为宫廷首席技师指日可待，金子自然会堆积成山。"

"但这需要很长时间，"妻子回答道，"在这期间，我们过得比修理黑森林时钟的小钟表匠还要悲惨。家里没有面包了，也没有肉了，你和孩子们吃什么？"

"那就把海因里希养的那几只鸽子先炖了吃吧。"大师说道，"这就能顶一天！"

"我怎么忍心这么做呢？鸽子是这孩子最亲密的伙伴，它们会坐在他的肩膀上，从他嘴里把豌豆啄出来，还会时不时蹭蹭他的脸颊，海因里希也是全心全意地喜欢它们，把这两只小白鸽从孩子身边抢走是件极其残忍的事情。而且，这也只能解决我们一天的困境，还是没有解决根本问题啊！"

"你不要说了，让我安静一下吧！你可以去借钱，熬过这段时间。我的作品将会给我们带来成堆的金子，所有人都会来恭贺我们，我将名垂青史！"

"你疯了！你已经骄傲得忘乎所以了！永远不要把自己当作救世主！"

"你们这群傻子！"大师愤怒地喊道，冲回工作室，砰的一声后，将自己反锁在房间内。在此之后，他的妻子和孩子几乎没有再看到过他，因为他连吃饭和睡觉都在那间隐秘的工作室里，没有再踏出过房门半步。

又过了一年半，妻子靠着四处借钱度日，卖掉了家中所有值钱的东西，很快，大师家便债台高筑，没有人愿意再借给他们一分钱。大师的妻子和孩子渐渐变得苍白消瘦，只能在家里偷偷流泪。但是大师对这一切都视若无睹，他那盛气凌人的眼神，闪烁着对名利的渴求；有时，整个人看起来就像疯掉了似的。

这一天，他终于完成了这个工程。午夜时分，当所有人都在睡觉的时候，他决定检测一下这个机器。他起身打开灯，掀开覆盖在这件艺术作品上的黑色毯子。

这是一件真正的艺术作品！瞧，那里站着一个活生生的人，看上去是那么高大强壮；它穿着深蓝色的制服，纽扣闪闪发光，就像是一个高贵的仆人；这张脸看上去是那么自然，因为它的皮肤是用最好的珐琅制成的，乍一看还以为是个活人；它满脸都长满了络腮胡子，眼睛虽然是用玻璃做的，但也非常灵活，手型精致，只有穿着平底高靴的脚看起来有些笨拙，但大师是有意为之的，因为如果要想它站得稳，就必须要在脚上注入铅，以增强其稳定性。

大师解开机器人制服的扣子，打开它胸部紧闭的铁门。天啊，你们知道这里面是什么样子的吗？杠杆、轮子、电线、磁铁和线圈纠缠在一起，看得直让人头晕目眩！在这个世界上，肯定没有一个机械师能把这么复杂的仪器拆开了再装回去！胳膊和腿的内部也是同样的复杂，里面安满了齿轮、砝码、电瓶、拉伸弹簧以及精心设计的关节,此刻,所有的零件都能非常流畅地运转。

最神奇的是机器人的头!钟表大师摘下它的假发,打开头骨,再次检查里面的螺丝是否都安装正确。这双玻璃眼睛是真的可以看到外部世界的,因为大师在上面安装了照相机,胶片在一个钟表装置的牵引下滚动着,玻璃眼睛所看到的东西就是这样被记录,并在滚动的摄影胶片上描绘出来的。机器人也能听清外部世界的声音,因为他的耳朵里有留声机和声匣——内置的留声机将耳朵听到的东西记录在蜡筒里,而声匣就像播音机一样,只要按下一个隐藏的按钮,机器人就会一字一句地重复它所听到的内容,这就是声匣的作用。嘴唇的动作也是栩栩如生,和真人别无二致;其上还安装了一个特殊的装置,里面提前录制了各种日常用语,如"你好""晚安""好梦""你好吗?""谢谢,我很好!""我叫'神奇的约翰',来自巴塞尔。我的父亲是钟表匠科尼利厄斯!""阿嚏!有风,关窗!"于是,机器人就可以像真人一样说出诸如此类的话了。

约翰转过头来,点了点头,举起手,抬起脚,还像士兵一样敬了个礼;它还会走路,虽然有点笨拙,步伐也很慢,但总的来说还很自然,毕竟也有一些人天生动作迟缓笨拙。通过一个发条和一些可调节的杠杆,钟表匠就可以精确控制这个机器人走路的步数,还可以设置在向前走一定步数后向左或向右转，再走一定的步数，最后停下来。

机器人也是一个忠诚的卫士，如果一个入侵者不小心踩到了它身上连接着的电线，它就会朝那个地方开枪。当然，这支手枪必须事先安装在它的手上。

是的，这个机器人是一件真正的艺术作品。

终于到了要向公众展示的日子了。街边贴满了海报，所有报纸都报道了这一奇迹。科尼利厄斯大师要展示一件前所未有的艺术作品——一个机器人："神奇的约翰！"穷人们奔跑着，贵族们坐着马车赶路，而更高贵的人则骑马前来……成千上万的人蜂拥而至，都跑来看这件艺术品；大师家门前甚至发生了一场惊心动魄的推搡事件，穿着制服的警察跑来跑去，他们的小胡子被蹭得乱七八糟，戴着白手套的手在空中不住地挥舞着。

听闻，"神奇的约翰"将独自从它的出生地走到大展厅，在那里向群众和上层人士介绍自己，还会转两次弯，走到指定的地点。

大师的妻子和孩子在前一天就已经看到了"神奇的约翰"，那个他们两年来为之受苦受难的人物。"神奇的约翰"嘴角带着邪恶的微笑，额头上长满阴郁的皱纹，长长的黑胡须……是的，尽管机器人看上去富有个性，但大师的妻子却感受不到任何快乐。在她看来，"神奇的约翰"就像是一个邪恶的魔鬼。孩子们也非常害怕这个机器人，特别是海因里希，大师最小的孩子,他憎恨这个冰冷无情的人,就是因为这个"神奇的约翰",他们的母亲才会哭得那么厉害。"它看起来真邪恶。"海因里希对他母亲说道,"就像一个没有心的人。""你说得没错,我的孩子,"母亲说道,"它确实是没有心,因此它不是一个真正的人。但我们决不能破坏你们父亲的杰作,他对这项工程充满了骄傲和喜悦。凭着这件艺术品,我们会过上富裕平和的好日子。"

小海因里希又去找他的两只小白鸽玩了,那是他在这个世界上最大的乐趣。他最喜欢的就是那些小鸽子。

屋前的人越聚越多。最后,高贵的国王在镇长和学者们的陪同下来到了这里,有人见状立刻去告知了科尼利厄斯,是时候开始展示他的那件得意作品了。

门开了,大师科尼利厄斯出现了,身后跟着的正是"神奇的约翰",它正不慌不忙地抬起又放下它的腿。人们一看到它便欢呼雀跃起来。约翰用手挥了几下帽子以作回应,然后笔直地走向街道。走在它前面的是它的制造者,大师的妻子和孩子则默默地跟在它身后。

只见黑胡须在风中飘动,约翰时而将头转向左边,时而转向右边,时而举手敬礼。

众人啧啧称奇,喊叫声此起彼伏。当"神奇的约翰"在正确的时机向左转,进入小巷时,人们就更为惊讶了;当它在下一个街角再次向右转,然后径直向大殿跑去时,雷鸣般的欢呼声更是不绝于耳。

"天啊,它活脱脱就像一个真人,"人们说道,"我希望科尼利厄斯大师没有欺骗我们,这不是一个真正的人,只是在模仿人的行为!"

高贵的人们说这是"金字塔式"的奇迹,学者们说这是"一个卓越的现象"。听到这些话的小市民们不知道这些话的意思,但他们对"神奇的约翰"更加尊重了,因为高贵的绅士们居然用如此这般的语言赞美它。

宽阔的大厅中间铺着一张地毯,当机器人走到这个地方时,它停了下来。现在,贵族们在四周的扶手椅上坐下,大厅里人声鼎沸。

只见大师科尼利厄斯举起了他的手,所有人都安静了下来,鸦雀无声。

"各位尊贵的、博学的先生们,亲爱的观众朋友们,"他一边说着,一边深深鞠了个躬,"今天,我要向你们介绍我最新的艺术作品,为了它,我花费了两年半的时间。这是一件前所未有的作品,一个机器人。我可以骄傲地说,我成功地制造出了近乎完美的生命。我所制造的'神奇的约翰',它的行为非常自然,有些人甚至会认为它是一个真正的人,完全可以以假乱真!为了让你们看清楚,我将把这个机器人的头卸下来,打开它的身体,让你们每个人都看见它只是一台机器!"

大师旋即便卸下了机器人的头,打开了它的身体,每个人都看得很真切：这确实是一件艺术作品。随后，大师又把机器人装好，当他再次举起手，示意大家安静下来时，机器人就开始了它的表演——它先微微鞠了一躬，用手碰了碰帽子，口齿清晰地说道："下午好！我的名字是'神奇的约翰'，来自巴塞尔，我的父亲是钟表匠科尼利厄斯！阿嚏！有风，关窗！"

人们听后都大为惊讶，爆发出了阵阵欢快的笑声。这个家伙太滑稽了！有人居然还真去关上了窗户。"是的，这是一件伟大的艺术作品。"人们说。贵族们说："这确实是一个'金字塔式'的奇迹。"学者们摇着头，连连感叹："确实，这是一个卓越的现象！"

"神奇的约翰"又当众唱了一首小歌，当听到人们鼓掌时，它鞠躬说道："感谢你们，我很好！"

"现在，"大师说道，"机器人将给大家展示它的听力与理解力。有没有哪位先生愿意向它高声喊话，它会重复你说的话！"

这时，一位学者，著名的康夫塞马修斯教授走了过来，大声地对"神奇的约翰"说道："你能告诉我，是谁发现了美洲吗？"

大师站在机器人身边，按下了按钮，开启了留声机。就这样，他录下了这些话。"约翰，"他接着说道，"著名的康夫塞马修斯教授对你说了些什么？"此刻，机器人内部的滚轴开始运行，只听，它清晰地说道："你能告诉我，是谁发现了美洲吗？"

人们见到这一幕不禁拍手称快。在此期间，大师对着另一只耳朵喊道："克里斯托弗·哥伦布。"于是，机器人正确地说出了美洲发现者的名字，人群再一次沸腾了。

"现在，"大师科尼利厄斯喊道，"这个机器人将展示它的超常视力，它会来到窗边，你们可以给它看一些东西。与此同时，你们要把我的眼睛蒙上，我会安静地站在这里，这样我就不会知道你们给它看了什么。'神奇的约翰'可以自己看清楚这些东西，因为随后我会告诉你们，你们给它看了些什么。"

大师的双眼被蒙上了，还被带到一个黑暗的角落，约翰则站在窗前。窗外的广场上站着两匹白马，人们在每一匹马上都放上了一个小男孩儿，接着，又把马牵到窗前。随后，他们又把马牵到很远的地方，将蒙在大师眼睛上的布条取下。现在，大师把"神奇的约翰"带回到地毯上，把手伸进它的后脑勺，掏出了摄影胶片后走进一个黑暗的角落，在胶片上洒下某种药水，后又折了回来。

"'神奇的约翰'看到了两匹白马。它们身上坐着两个男孩儿——一个男孩儿手里拿着一面旗子。没错，它清楚地看到了这一幕，并告诉了我。"

这时，一种不安的情绪在人群中蔓延。人们窃窃私语，这或许是一种巫术；还有几个女人说，这一幕真的让人毛骨悚然……大家似乎有些害怕这个长着黑胡子的家伙。

但大师科尼利厄斯却越来越激动,人们对他的作品表现出的惊讶让他更为傲慢了。他愈发想要更多地展示他的杰作。

"请注意,"他喊道,急得脸色通红,"现在'神奇的约翰'要让自己变身射手。你们看,窗前立着一根杆子,上面拴着一只鸽子,约翰会把鸽子射下来。它可是一个好射手!"

大师把一把手枪递给机器人,让它转身面向窗户。窗外确实有一根杆子,杆子上落着一只可爱的白鸽,为了防止它飞走,它的脚上还拴着一根绳子。此刻,白鸽发出无聊的咕咕叫声,因为它平时总是和另一只白鸽一起玩,它们会一起坐在小男孩儿的肩膀上,小男孩儿的口袋里总是放着豌豆、小甜饼等各种好吃的。鸽子很爱这个小男孩儿,小男孩儿也很爱它们——白鸽会小心翼翼地用粉红色的小嘴啄食男孩儿嘴里叼着的豌豆,它们经常在他看故事书的时候坐在他的肩膀上,一坐就是几个小时。

但今天小男孩儿没有来,他没有把它从鸟笼中放出来。来的是一个壮汉,他紧紧地抓住了它,把它塞进麻袋。所以现在,它孤独地站在这根杆子上,"咕咕咕咕"地叫个不停,它想念着自己的伙伴,想念着那个小男孩儿,想念着豌豆和水。

"神奇的约翰"站在那里,板着脸,眼睛瞪得老大,胡子黑长,它的嘴似乎在笑,一脸邪恶;它举起手臂,瞄准了那只小鸽子。

人们顿时吵嚷起来。只听一些孩子和妇女说，这只可爱的小鸽子真可怜，让机器人杀死它是不对的。突然间，一个小男孩儿挤出人群，那是小海因里希，他一直和母亲及兄弟姐妹站在后排，而现在关于射击和鸽子的讨论传到了他的耳朵，整个人顿时忐忑不安起来。那会是他的小鸽子吗？他挤过人群，看到了窗户和柱子，看到了他的宝贝鸽子的雪白色脖子上系着蓝色的丝带。他愤怒地向前跑去，直奔那个可憎的巨大机器人。他完全没有理会他的父亲，而是突然站到了"神奇的约翰"身旁的地毯上，成千上万的人都惊讶地盯着他。

"你想做什么，机器人？"他喊道，"你为什么要杀死我的小鸽子？你是一个邪恶的人！你没有心！你是一个残忍的人！一个无情的人！"

但他的父亲已经按下了射击的按钮，砰的一声巨响后，人们便看到被绳子拴着的小鸽子从杆子上掉落下来。"神奇的约翰"打得很准，它真是一个出色的射手，一件杰出的艺术作品。

人们又沸腾起来。

男孩儿痛哭着，伤心不已，怒气冲冲地跳向那个残忍的机器人。"无情的、邪恶的人！杀人犯，杀人犯！"他朝它喊道，用尽全身力气向他撞去。机器人射击的那只手还保持着往前伸的姿势，直立在地毯上；谁知，片刻后它摇摇晃晃地失去了平衡，转过身来，似乎还想对男孩儿动手，最后却跟踉跄跄地向前倒去,正好压在了男孩儿的身上。

这一切都发生得太快了,大师吓得目瞪口呆,茫然不知所措。

人们涌了上去,把男孩儿从机器人身下拉了出来。除了额头上出现一道渗出鲜血的划痕,男孩儿没什么大事。但人们却逐渐陷入疯狂,咆哮声四起。

"它没有心!没有!它没有心!"四面八方的叫喊声传来,"它可以杀死动物!可以杀死人!如果它接受了命令,它也会毫不留情地杀死我们!它是一个恶棍!一个杀人犯!"

"杀人犯!杀人犯!无情的怪物!"人们愤怒地吼叫着。他们把男孩儿抱在怀里,领回母亲身边,还答应送给他一只新的鸽子。

人们继续愤怒地吼叫了好一会儿后才推推搡搡地离开大厅。

"是的,"一个贵族说道,"它的确是一件'金字塔式'的艺术品,但是,它也的确没有心!""确实,这是一个卓越的现象,"学者摇着头说道,"但同时,从某种意义上说,它也是无情的杀人犯!"接着,他们也消失不见了。

"它可以做任何事情。"激动的群众依旧高声吼道,"它可以像我们一样走动,它可以看、可以听、可以说、可以唱,但是它也会杀人,因为它没有心,没有心,没有心!"

怒吼和喊叫声彻底消失后,四下只剩一片寂静。

宽敞明亮的大厅里，大师科尼利厄斯孤独地站在那里，脸色苍白如纸，眼神飘忽不定；他引以为傲的作品就躺在他的身边。突然，他被一股无名的怒火所攫住，抓起靠在大厅角落里的一根沉重的铁棍，像疯子一样用力地砸向了这位"神奇的约翰"。约翰瞪着眼睛，张着嘴，讥讽地看着他。他继续疯狂地砸着它，用脚不停踢着那堆复杂的轮子和杠杆、关节和轴承、电线和弹簧，直到"神奇的约翰"变成了一堆破铜烂铁。

据说后来，科尼利厄斯裹上斗篷，在某个夜里，匆匆离开了城市，一刻不停地穿梭在树林和田野中，走向了远方。

从此以后，再也没有人见过他。

火柴和蜡烛

很久以前，镇上流行着一种邪恶的疾病。这种疾病会悄悄地潜入所有的屋子，无论是穷人还是富人都不幸染病。老霍恩医生的马车从早到晚地奔波在蜿蜒的小道上，前往那一栋又一栋的小屋。但这一次，无论是老医生开出的苦药，还是他幽默的玩笑，全部都无济于事——死亡的人数越来越多，山城戈斯拉尔也无法幸免，人们怎么也找不到有效的药物来对抗恶疾。

一天，克劳斯——那位八十岁的老矿工，和他的孙子弗里德尔——那个曾和我们一起坐在学校的课桌前听课，一起围着老乌拉波拉听他讲童话故事的小男孩儿，在间隔不到一个小时的时间里相继去世了。

晚上，这对爷孙被抬去了墓地。我们悲伤地坐在乌拉波拉博士身边。

"孩子们，"老乌拉波拉说道，"时间的长短，其实只是一种人类的理解。对于造物主来说，时间没有什么区别，就好比，大象可以活几百年，而金龟子只能活几十天，但在造物主眼中，大象和金龟子的寿命是一样的，因为对于永恒来说，一分钟和一个世纪没什么区别。来吧！今天我给你们讲讲火柴和蜡烛的故事，那是一个关于短暂和漫长的生命故事。"

看啊，在一位年轻人的桌子上放着一根蜡烛，边上躺着一根火柴。蜡烛泛着乳白色的光泽，精致华丽。女仆早上才刚把它从杂货店买回来，还没有被点燃过。蜡烛的气质高贵而骄傲，认为自己的工作无上光荣；它头上扎着一根小辫子，一身纸质的蕾丝裙，脚上蹬着一双袖珍的瓷鞋。身边的火柴长着一颗红色的脑袋，和家族里的其他成员一样是个火暴脾气，总爱和别人产生摩擦；它就这样孤零零地躺在蜡烛旁边的小木匣子里，曾几何时，它的家庭里有许多孩子，但现在只剩下它一个了。

一缕阳光透过百叶窗，落在了它们身上。小火柴醒了，看了一眼蜡烛，突然开口说道：

"请允许我介绍一下自己。我的名字是火柴，来自瑞典。我的母亲是棵冷杉树，它结过两次婚，先是嫁给了一位硫黄先生，后又嫁给了一位磷先生。请原谅我只能躺着说话，因为我只有一条木头腿，站不起来！我是家族里的最后一员，因为我们是一个短命的种族。"

蜡烛沉默了一会儿，不知道自己是否应该回应这个红色脑袋的小家伙。最后，它还是用一种油腻的声音说道：

"我的名字是蜡烛。但你需要明白的是，我不可能与你成为朋友，因为你的职责是做好我的仆人。我的父亲是牛脂男爵，母亲出生于一个棉花富商之家。我有个亲戚，它是一盏出色的教堂吊灯。我还有一个兄弟正站在圣诞树的顶端，紧挨着圣诞天使。它们的关系非常好，可爱的天使深爱着我的兄弟，被我兄弟的热情慢慢融化，因为它是一座蜡像。"

"你所说的一切都很有意思，"火柴说道，"可是你要搞清楚，我并不是你的仆人！"

"亲爱的，你当然是我的仆人，你要想想，你为什么会被放在这里？是因为我！今晚主人就会用你来点燃我！你再想想，我在这里扮演着什么角色？我把光明带入了人类的历史，可以代替太阳散发光芒，我就是地球上的太阳。如果没有我，我们那位年轻的主人根本无法把他的美丽诗篇写在纸上。他只有在晚上才会写诗，一边写一边叹息，因为他爱上了一位美丽的姑娘。"

"你的故事真的非常有趣，"小个子火柴说道，"但是，如果没有我，你根本就无法发光，因为主人必须先要用我才能把你点燃。别这么傲慢！虽然我个子小，只有一条木腿，但我是个有用的家伙，我的脑袋很有用。"

"你们不要争吵啦，伙计们！我可不能允许你们烧到我，会毁坏我的身体，我可是还有很长的寿命呢，不像你这根火柴，很快就会化为灰烬。我享受祖宗庇佑，比你和你所有的兄弟都要长寿。"它们身下一张斜纹歪腿的老桌子突然发出响亮的断裂声，火柴和蜡烛都被吓了一跳，桌子里的蛀木虫也停止了钻洞。这张老桌子已经在那里站了一百多年了，它仿佛在咆哮，但大家都听不太清这个老家伙在说些什么。

"你就像所有享受祖宗庇佑的富人一样，狂妄、傲慢，"火柴说道，"即使你比我活得更久，终有一天还是会死去。但在生命的最后时刻，你是否会像我一样勇敢地赴死呢？在我生命的最后时刻，我会像一个老兵一样，勇敢地用尽我的弹药，燃尽我的身体，我的灵魂也会得到安宁，因为我已经完成了我肩负的使命！这就是生命中最重要的事情，一个人要履行自己的使命！我们同一个盒子里的60根瑞典火柴，几乎都履行了自己的使命，它们发了光热，也付出了生命。只有两根火柴是逃兵，它们的身体折断了，主人愤怒地把它们扔进水里，说道：'真是没用！'"

"好吧。"蜡烛说道，"最终，一切都会明了的。希望你今晚不会让我失望，给我一个强大的火力，因为这就是你被放在这里的原因。我的辫子编织得很好，还涂上了一层油脂，别看它现在还是白色的，但随着我年龄的增长，发光时间的延长，它会变得越来越黑，和人类的头发情况恰恰相反。人们在年轻的时候,辫子的颜色是乌黑的,年老的时候则是白色的。遗憾的是,你看不到我的光芒了。但事实上,我还是会为你感到难过的,我会哭,流下大滴大滴的泪水,滚落到衣服上。是的,生活是艰难的!"

小火柴沉默不语,发自内心地认为蜡烛太过傲慢、太自以为是了。它躺在那个小小的木床里,决定不再理会蜡烛。

太阳慢慢下山了,夜幕降临,世界陷入一片漆黑。屋前高树上唱歌的雀鸟已经睡去,老鼠在陈旧的瓷砖壁炉后面窃窃私语。古老的塔钟刚刚敲了九下,正在这时,门突然开了,一个年轻人走进了房间。

"现在,"蜡烛心想,它异常激动——幸好它没有心脏,不然会因为心脏病发而死去,"太阳已经睡去了,月亮也外出游玩了,现在终于轮到我大显身手了!只有我的光芒才能照亮黑暗!"

只见那个年轻人拿起了火柴盒。"只剩下一根了,"他说道,"希望它能顺利完成它的使命!"

火柴听到命令后,像训练有素的士兵一样站得笔直,英勇无畏地献出了自己的生命。

"永别了!"它喊道,圆圆的火柴头撞击着盒侧的摩擦面,瞬间便"呼哧呼哧"地发出了火光,这就是它的工作。火柴很快就烧成了灰烬,但蜡烛根本无法注意到这一切,因为现在轮到它工作了。年轻人用火柴点燃了蜡烛白色的小辫子,现在的它正散发着亮光，那是它生命中最庄严的时刻，自认为可以和太阳相媲美。

年轻人坐在桌边，给他心爱的女孩儿写诗直到深夜。突然，他叹了口气，蜡烛的小辫子越来越长，火焰也开始闪烁起来，它想要让自己的光芒更加明亮。这时，一把闪着寒光的烛剪张开了大嘴，说道："不要紧张，美丽的女士！"说完，剪刀一口便咬掉了蜡烛的一截辫子。蜡烛瞬间被刚刚的这一幕吓到了，号啕大哭了一场。但寒光闪闪的剪刀却对此漠不关心，它就像屠夫家养的大狗，张着大嘴躺在蜡烛的脚下，等待着下一口的到来。

"你太残忍了，完全不懂得怜香惜玉。"蜡烛哭着说道，"你看看别人！在我的脚边还躺着一位老战士，它为了我赴汤蹈火，献出了生命。而你，根本没有一丝绅士风度。"

"胡说八道！这里有这里的秩序！"剪刀张开了大嘴说道，"我所做的不过就是完成我的工作，就是这样！我们这里不需要留着长辫子的女士，我不喜欢长长的火焰，我们的主人也不喜欢。我们这里禁止女士吸烟，而你刚刚不但抽了烟，还抽得云雾缭绕。尊敬的女士，你就不要再哭了，不然你会虚脱的，很快就会死去的。"

"你这个家伙，你知不知道我的亲戚是教会的高层，我的兄弟是……"

"你的兄弟融化了圣诞天使！你之前都跟我们说过了，女士！好好看看你的蕾丝裙，上面已经沾满了你的眼泪。你哭得越多，你就会越快走向死亡。"

"我还会活很久的。"蜡烛说道，"生活非常有趣，我们总能学到一些新东西。"

"胡说八道！我们所经历的全部都是同样的事情，一遍又一遍，不断重复。我已经在这里躺了大约一百年了，总是在清理蜡烛的长辫子，以免它们把这里熏得乌烟瘴气，我总是在做着同一件事情。年轻的女士们总是认为自己会长生不老，永远光彩照人，充满热情；它们自信满满，目标高远，认为一定会有王子出现，并爱上它们。但慢慢的，它们变得又丑又小，只能不停地哭泣，身材也走了形，腿越来越粗，长长的眼泪挂在它们白色的长裙上，辫子也散开了。它们还养成了吸烟的习惯，没过多久，就开始像那个总是会在第二天一早来这里打扫的老仆人古斯塔夫一样打呼噜。最后，它们就变得像梅子一样干瘪瘪，一点都不起眼，没有人再需要它们了，故事也就结束了。我一点都不喜欢女士。我和一条链子结婚整整二十五年，用尽了所有的力气，想要抓住它。我们与一位非常高贵的先生关系很好，它是一个黄铜烛台。可是你知道发生了什么事情吗？有一天，我的妻子将自己从我身边扯开，和那个家伙一起私奔了！这就是为什么我会说：离女士们远点儿！离爱情和长辫子远点儿！一切都糟糕透了！"它说完，又咬了一口蜡烛的辫子。听到这个老家伙的话后，蜡烛非常愤慨，怒火中烧。

"如果你也像对待我一样对待那条项链，那么它会跟着黄铜烛台私奔，我就一点都不会感到奇怪了，因为你简直太粗鲁了。生活对于我来说才刚刚开始，我想我的生命肯定会是绚丽多彩的。我会成为一个很好的伴侣，一个出色的伴侣，我生而如此。当然，我还是会拒绝第一个求婚者的。"

一只肥胖的甲虫嗡嗡嗡地从窗口飞了进来，落到了蜡烛的脚边，它被明亮的烛光深深吸引了。甲虫的腿上长着像大刷子一样的腿毛，它用这刷子来梳理小胡子和燕尾服，它知道自己得收拾干净，才能博得女士的青睐；然而它长得非常滑稽，脑袋圆滚滚的，身材也非常圆润，大腹便便，腿却很短。它一边绕着烛台慢慢爬行，一边连连鞠躬，似乎在等待吩咐。

"你的第一个求婚者来了，"寒光闪闪的烛剪说，"你赶紧跟它去吧，不然它又要嗡嗡乱叫了。"

"我才不要呢！"蜡烛轻描淡写地说道，"它太胖了，而且对我而言，它个子太小了。肯定还会有其他人来的。我还有时间，我的美丽才刚刚开始！"

在此期间，甲虫不紧不慢地沿着蜡烛往上爬，当它接近蜡烛火焰的面庞时，烛光发出了一阵"噼里啪啦"的响声，把它吓得一机灵，四脚朝天地摔到了桌子上。甲虫躺在那里，笨拙而费力地踢着腿，却怎么都翻不过身来。最后，剪刀向它伸出援手，帮它翻过身，站了起来。

"尊贵的先生,你看,大家都有可能会碰到这种失败的境况。这簇火焰心高气傲,对付它的最好办法就是咬断它的辫子。你还是放弃吧,去追求别人吧!"

甲虫听了烛剪的话,心烦意乱地"嗡嗡"叫了几声,飞走了。

正在这时,一个新的追求者又出现了。那是一只巨蚊,长腿细得可怕,腰间紧紧地束着腰带,就像卫队里的中尉,头上长着红红的大眼睛。它围着蜡烛"嗡嗡嗡"地叫着,极力展示痴情的模样。

"天哪!"它说道,"那么瘦弱的蚊子!看上去真丑啊!我一点都不喜欢它!天涯何处无芳草,肯定还会有更好的!"

巨蚊被火焰灼瞎了双眼,掉到了主人的墨水瓶里。它的翅膀沾上了墨水,挣扎着爬到了主人的草稿纸上,身后拖出了几条长长的墨水线。主人看到后火冒三丈,一怒之下抓起它,把它扔到了窗外。

烛剪冷哼了一声,说道:"一个,你嫌它太胖了;另一个,你嫌它太瘦了。莫非,你真的认为会来一位王子?"

然而,真的来了一位王子!那是一只漂亮的蝴蝶,身穿蓝色丝绸外套,搭配黑色天鹅绒领子。它绕着蜡烛翩翩起舞,精致的触须随之微微颤动。它柔声细语,用着这间房间里没有人能听得懂的语言,轻轻地对蜡烛诉说着情意。接着,这位花枝招展的绅士还朝着光芒四射的蜡烛深深地鞠了一躬,也许它真的以为那是太阳。蜡烛的光芒和温暖引诱着它，令它深深着迷，它挥舞着彩色的翅膀触碰着火光。

蜡烛抬着头骄傲地挺立在那里，心想，终于来了一位年轻、优雅的绅士，于是，它的光芒又明亮了一些。

"年轻人，"闪着寒光的烛剪咆哮道，"不听老人言，吃亏在眼前！听我老头子一句劝，赶紧走吧！不然你会惹祸上身的！像你这样的人我见多了，它们最终都走上了绝路。火焰烧掉了它们的翅膀，于是，它们只能狼狈地赤足回家。还有的，就像那只胖胖的飞蛾，不顾一切地冲向蜡烛，把自己活活烧死了。"

但这只鬼迷心窍的小家伙压根儿就听不进去，它踉踉跄跄地盘旋在蜡烛身边，蜡烛则用灿烂的笑容继续引诱着它。

"生活还是非常美好的！"它说道，"现在也有人深深爱着我了，就像坐在那里写诗的年轻人深深爱着一位女孩儿一样。"

突然，"扑通"一声，那只花蝴蝶径直掉在了闪着寒光的烛剪旁边，这可把蜡烛吓坏了。蝴蝶原本是想要亲吻蜡烛的，但却被烧毁了翅膀。它躺在桌上，痛苦地呻吟着。一场美丽的邂逅就这样结束了。

"年轻人，你好好看看，我跟你说了什么！"烛剪愤怒地叫着，"傲慢容易引发灾难。你这个年轻人就是不知道天高地厚，这回吃大亏了吧！"

"真是太遗憾了！"蜡烛说道，"不过，说不定还会有人来求爱。"

"你真是个无情的女人!你又抽起烟来了!"寒光凛凛的烛剪一边说着,一边跳了起来,张开大嘴,大口咬下了一段蜡烛新烧焦的辫子。烛剪是铁做的,它可不怕被烧焦。

古老的时钟响了起来,十点、十一点、十二点。蜡烛渐渐燃烧殆尽,个子变得越来越小,房间里的事物所投射的影子却变得越来越长,最后都陷入无尽的黑暗之中,世界一片死寂。蛀木虫在桌面上睡着了,小蝴蝶伤心地爬到了书本后面,烛剪也打起了瞌睡。时钟在十二点整的时候,一个人自言自语了许久,因为这是它最重要的工作时刻,在下一个小时,它又要从一点重新开始了,但那时人们早已熟睡,没有人会去听钟声。

终于,那个热恋中的年轻人站起身来,又叹了口气,轻手轻脚地走回了卧室。但是他的老仆人古斯塔夫还是听到了主人的动静,他整理了下拖鞋和脱靴器,又去察看主人的书房。桌子上的蜡烛还在燃烧着。可是,看看它现在的样子!又老又丑!它现在已经非常短小了,烛光闪烁不定,蕾丝裙完全被烧毁了。蜡烛只能不停地哭泣,流下了大颗大颗的泪水,抽泣着说道:"一切都结束了!生命是如此短暂!"

老古斯塔夫想要用烛剪取下那一小截残烛,但他颤抖的手指却一不小心就把它弄碎了。

"哎哟!"蜡烛痛苦地呻吟了一声后就熄灭了,只剩下一片漆黑的夜。小小的烛头滚到了火炉的角落里。在老古斯塔夫穿着毡鞋洗漱完毕后，小老鼠们就从炉子背后钻了出来，捋了捋胡须，四处嗅了嗅，发现烛头后就啃了起来，最后，啃得只剩下了蜡烛的一小段小辫子。

这时，那把寒光闪闪的烛剪醒了，它张开大嘴，打了个哈欠，茫然四顾后想道：看来蜡烛女士已经走到了生命的尽头，是啊，世界是那么小，生命转瞬即逝！终有一天，我也会坠入深渊，而且我很清楚这一天已经不远了，因为我的关节没有以前灵活了，也早满了一百岁，这可是件麻烦事儿。

啪的一声，桌子又裂开了一条缝，剪刀也随之沉默了，因为它知道老桌子是个坏脾气，不喜欢听大家吵吵闹闹。

"看，孩子们，"老乌拉波拉博士说着又添了一斗烟，"这就是火柴和蜡烛的故事。蜡烛认为自己非常长寿，但远不如烛剪和桌子，它们已经为这所房子服务了一个多世纪；对它们来说，蜡烛的生命就像火柴一样短暂。最重要的是，我们要好好生活，做好自己的本职工作，不然会被寒光闪闪的烛剪咬掉小辫子。"

老头儿说完突然打了个喷嚏，他那灰色的小辫子连带着小蝴蝶结都被吓得跳了起来。接着，乌拉波拉便拿着蜡烛，在我们面前晃晃悠悠地走下了陡直的楼梯。

世界末日

"看这儿,"老乌拉波拉一边擦拭着他的牛角框眼镜,一边说道,"这就是放大镜,也叫显微镜。现在,你们所有人都站到我旁边来,让我们看看这个放大镜。瞧,这儿有一小杯浑浊的水,是老克里斯蒂娜从花园的小池塘里舀上来的。现在,我们从杯子里取出一滴水来,放到放大镜下面,我们就可以把水滴放大几百倍了。好了!你们今天就来听听关于世界末日的故事吧!"

哇,就这样一小滴水里竟藏着一个精彩的世界!看,这个世界生机勃勃,一片繁荣。成千上万的小生命你追我赶,跳起又落下,打闹嬉戏,还有的正在辛勤劳作,像生活在大城市里的人们一样奔波忙碌着。看,那里有好几艘小船,通体像玻璃似的透明,细密的纤毛做船桨,小船像离弦之箭一样飞快，仿佛要赶着去执行什么重要的任务。它们猎取猎物，彼此冲撞，行为举止就跟人类一样愚蠢，当然啦，对于它们的小世界来说，或许被视为绝顶聪明呢。

小船划过去了，又过来一群轮虫。它们的头上戴着一圈花环，花环上的触角就像一根根小手指，不停地晃动，看起来就像是袖珍钟表里的精致齿轮。当它们转动时，水里就会产生一个个小漩涡，连带着周边各种小生物也跟着旋转，一直转到它们大张的血盆大口里。没错，小轮子们必须一直勤奋地转动，否则就会肚子空空。

看，在那水滴的中间还有座小岛，那是一片腐烂叶子的残渣，我们用肉眼很难看到它，但对于这个小世界而言，它已经是一座很大的岛屿了，因为生活在这个世界里的水精灵都非常微小，好几百只聚在一起都没有一个针眼大。小精灵们从四面八方匆匆赶来，因为这里的食物足够成千上万的它们大吃一顿了。你们有没有看到，它们一个个都匆匆忙忙，推推搡搡？看，那边有一群小家伙正疯狂地跳着舞，乱作一团，就像人们在集市上一样；这里也有一群小家伙，正在满是食物的小岛上你推我搡，就像在射击比赛后涌向香肠摊位一样。哈，多么疯狂的景象啊！看，它们追赶逃窜，就像警察抓强盗似的横穿整个水滴世界。看，它们现在都消失在放大镜的边缘了，也许是沉入水滴辽阔的海洋世界中去了。

是的，谁能想到这么小的一滴水，还没半个豌豆大，却像是一个真正的世界,里面住满了像我们一样的居民。如果我们没有放大镜,甚至都不会知道它们的存在。听着,孩子们,同样道理,如果住在遥远星球上的人们没有非常强大的放大镜,他们对地球和在地球上生活的我们也会一无所知。没错,我们小小的地球在千千万万颗星星之中,就像这一颗小小的水滴。

水滴中的小家伙们甚至不知道自己的命运掌握在我们的手中,不知道我们在它们之上,就如同造物主凌驾于整个世界之上一般。如果我们用手指擦拭水滴,那么,啪的一声,这颗星球就将顷刻覆灭,水滴被擦掉了,世界消失了。是的,如果水滴里的居民能看到我们,知道它们的生存全仰赖我们的恩典,那么它们可能就会相信我们即是神明。

快来看看!现在这个小世界已经开始发生变化了!没错,它变得越来越小了。在温暖的房间里,水滴正在慢慢蒸发。这真是个糟糕的故事。现在,水滴世界的居民不得不挤在一个越来越狭小的空间里,世界对它们来说已经太狭窄了,于是引发了很多互相残杀的事件。你们可以想一想,如果地球突然缩小一半,地球人会怎么做?肯定也是同它们一样互相残杀。现在,这些可怜的小家伙们都争相涌往中央小岛,它们不断争斗,互相驱赶,都想要争夺中央小岛的一席之地,因为没有人愿意坐以待毙。是的,这真是个糟糕的故事,在水滴的世界里爆发了战争和革命。

显然，大自然并不在意水滴中的苦难，在持续的温热之下，水滴变得越来越小。水滴世界中的居民们疯狂地冲撞着，挣扎着，可是我们可以看到在水滴边缘的干燥处躺着越来越多干燥的、无法动弹的尘埃颗粒。水滴里的幸存者还在苦苦挣扎，但也无济于事——即使同其他生命相比能在水里多待一分钟，但死神还是会降临，无一幸免，包括那些灵活的小船和精致的轮虫。

故事就这么结束了。你们来看，这就是结局。这滴水已经完全干涸了，我们在放大镜中只能看到一个灰色的尘埃斑点。所有曾经住在水滴里的那群活泼的小家伙都只是灰尘；再也没有船只漂浮在水滴的海洋中，再也看不见轮虫和它们的食物了，欢乐是短暂的。

是的，我们刚刚目睹了世界末日。

当然，这只是一个小世界，只是一颗水滴星球，但对其居民来说，这就是它们的整个世界。没有人会因为这个世界的历史走到了尽头而哀伤，正如同如果明天地球灭亡了，其他星体上的文明也不会在意我们一样，因为地球对于他们而言也只是一个小世界，太阳要比地球大上几百万倍。夜晚，天上有几十万颗星星在闪烁，至少和花园池塘里的水滴一样多。如果我老乌拉波拉愿意，再用手指蘸一下池塘里的水，就又能在放大镜下点出一个新的水世界，但我不会这么做了，因为一天内覆灭一个世界已经足够残忍了！

潜水员约翰·多兰德

老乌拉波拉的宅子坐落在山间小镇戈斯拉尔,远远看去非常可爱——尖尖的石板屋顶已经有几百年历史了,房体是五颜六色的木质结构,一扇扇小窗户镶嵌其上,就像一座博物馆。整栋房子,上自阁楼,下至地窖,塞满了各种藏品、书籍和仪器,到处堆放着用铁箍捆扎、用铜锁紧封的古老箱子,箱子里装满了"无数古怪的小玩意儿"——老克里斯蒂娜就是这么称呼这些东西的,虽然她完全不懂它们究竟是什么。那里还有很多小盒子、小箱子,存放着奇怪的贝壳、甲虫、动物化石、骨骼标本和鸟类标本、古老的钟表、航海工具、放大镜、奇怪的硬币、邮票、印度鸟蛋、土著人的弓箭和刀。

在这个古怪老头儿的书房里还立着一个非常特别的柜子,橱窗玻璃上拉着一块绿色的帘子,根本看不到里面的东西。

偶尔，当我们这些孩子来听故事的时候，这个博学的老头儿会在这些藏品中翻啊找啊，我们就能看到柜子里放着各种稀奇古怪的东西：奇怪的烟斗、巨大的钥匙、生锈的军刀、破裂的彩色杯子、精致的鼻烟盒、一支老鹅毛笔、一件绿色马甲、一个棕色空布袋、骨头、棺材盖上的金属片、发黄的信件、桂花小花冠，等等。

"这是乌拉波拉博士的记忆圣地，"当我们问她时，老克里斯蒂娜会这么说，"他在这些藏品中翻找时，你们可千万不要打扰他，因为每件藏品都是有来历的，要么是一些奇怪经历的见证，要么就是来自早已安息在坟墓中的名人。"

有一天，我们又来找老乌拉波拉，只见他站在古老的柜子前，透过他那副牛角框眼镜，注视着一颗生锈的铁栓。我们静静地站在旁边，不敢惊动他，也不明白这颗铁栓有什么可看的。这时，老头儿突然转过身来，说道：

"你们来看这里，小家伙们！这颗铁栓来自一个遥远的地方。它曾经躺在海底，在那里还救了一个人的命。那个人是我父亲的朋友，他的名字叫约翰·多兰德，一名潜水员。因为你们很乖，帮我从山间草地上采集了草药，所以我今天要给你们讲个故事，约翰·多兰德曾经讲过这个故事，是一个关于那颗生了锈的铁栓的故事。"

老头儿晃晃悠悠地走到高背的安乐椅边坐好，仔仔细细地填上烟丝后点着，又打了两个喷嚏，这都已经是他的老习惯啦！接着，便开始了他今天的故事。

"我父亲是名医生，有一次他需要前往南非，在那漫长的海上航行中，遇到了潜水员约翰·多兰德。那时候没有铁路，没有蒸汽船，也没有各种现代人发明出来的烦人的东西，只有大帆船可以去往远方。约翰·多兰德是船上的水手，看上去非常老派，身材高大宽阔，面容饱经风霜，脸被晒得黝黑，眼睛是蓝色的，左耳还戴着一枚金耳环，那是水手的古老习俗。

"我第一次见到约翰·多兰德时，还是个小男孩儿。那次，他在我们家住了三天三夜，和我父亲聊起以前海上航行时发生的故事。一天晚上，雨势汹汹，大风从钥匙孔里钻了进来，母亲织着毛衣，和我们几个孩子坐在一起。男人们喝着热腾腾的烈酒。潜水员拿出一颗铁栓，解开了上面的丝网，水手们说，每次潜水员讲起这个故事时，都有这个习惯。"医生，"他说道，"昨天我就答应你，要给你讲述我在'伊莎贝拉号'上的经历。现在，我觉得是时候给你讲讲这个故事啦！"

那是在1822年，我在直布罗陀和佛得角群岛之间航行。这是一条繁忙的水道，许多大船都在亚速尔群岛、马德拉群岛、加那利群岛或佛得角群岛附近沉没了，一个优秀的潜水员总是可以在那里赚到金子。有段时间，我在美丽的马德拉岛的丰沙尔港工作，那里的港口设施需要大修。一天晚上，著名的潜水员老库克派来一个小伙子找我。他说,一艘从葡萄牙首都里斯本出发的大型游艇在夜间沉没在圣波尔图岛东北方向的海里,老库克想和我谈谈这件事。

在古老的"小白鸽"酒馆里,我和朋友们坐在那儿,打着牌,抽着烟,一口一口地灌着波特酒。整间屋子烟熏火燎,天花板上挂着老油灯,昏黄的灯光几乎无法穿透这层层浓烟。"兄弟们,"我对小伙伴们说道,"我们每天踏踏实实地工作,然后喝上一口酒,吸上一口烟,就该满足啦!如果哪个老水鬼认为,我会去桑托港打捞沉入海底的箱子,那么他就打错算盘啦。小伙子,你回去就把我的原话告诉他。来,先来一起喝杯葡萄酒,我请客!"

来人听了我的话,喝了杯酒后就醉醺醺地走了。

我们又在那儿待了一个多小时。门突然被打开了,从浓浓的烟雾中走出来的人正是奥尔·库克,他长得就像一个圆滚滚的啤酒桶。

"朋友们,"他说道,"既然多兰德不肯来找我,那就只能我来找他啦。"他喘着粗气,走到宽大的橡木桌前坐下。

"老板,"我喊道,"来杯酒!一大杯酒!给这位奥尔·库克阁下,他可是热带水域最厉害的水鬼!"

于是,我们继续大口大口地喝着酒,肆意地吞云吐雾,都快看不清坐在对面的人了。大约在午夜时分,老水鬼突然很平静地说道:"那么,明天早上我们就乘坐潜水船一起出海吧，约翰·多兰德会去探寻沉没的'伊莎贝拉'，它大约沉在五十五米的深处，如果约翰·多兰德不下去，就没有人能下去了；尼尔斯·尼尔森之前也许还能比画比画，但他最近生病了，他说，他的胃需要好好休养一下。"

"五十五米！"我喊道，"这深度足以要人命了！那会喘不过气来的。我可完全没有兴趣去冒这个险。'伊莎贝拉'的箱子里面究竟有些什么啊？莫非装满了金条？"

"年轻人，"老水鬼回答说，"你什么时候看到过我老库克让一个诚实的人去干苦差事，而没有体体面面地给足金子？更何况，今天我们谈的这件差事，还会获得葡萄牙政府的额外奖励！"

"哈哈，奥尔·库克，这可真是件好差事！"

"嗯，事情就是这样的。现在请大家安静一下，来仔细听一听这件事情的来龙去脉。'伊莎贝拉号'从里斯本起航，船上有一位政府部门的大人物，好像是一位类似特使的人物，他携带着重要的文件，要交给这座岛屿的总督。船上还装载着港口大炮要用的装备和火药。我猜测，途中是发生了什么意外，引发了爆炸，否则在风平浪静的夜晚，这么结实的一艘船不可能莫名其妙地瞬间沉没。那晚，圣波尔图岛的灯塔看守人也注意到，海上爆发出强烈的光亮和巨大的撞击声，可能就是与该事故有关。葡萄牙政府愿意支付高昂的费用来打捞那些重要的文件，他们今天派代表来找我，让我安排一个可靠的潜水员。我告诉他,五十五米太深了,普通人的心脏和肺都不是水牛皮做的,潜不到那个深度。据我所知,只有一个人可以去试试,那就是约翰·多兰德,天生的潜水能手!"

"敬奥尔·库克一杯!"我的朋友们笑着说道,"这话说得没错!"

我还在犹豫,是否要接下这块难啃的骨头。正在这时,库克那只狡猾的狐狸又讲了一个故事。

"伙计,在我年轻的时候,曾经做过许多类似的工作,那时的潜水服和气泵都还没有现在好。可是,如今我年纪大了,再也做不了了。但这回,我是真想再做一次,因为'伊莎贝拉号'上还有一位年轻的女士,她是来接她的两个孩子回家乡西班牙的。她的丈夫是一名军官,和孩子们一起住在这里,最近去世了。而现在,她也随着这艘船沉入海底。两个孩子成了可怜的孤儿,整天站在灯塔前,盯着大海哭泣,因为这可恶的大海夺走了母亲的生命。这个女人身上可能带着不少钱财。如果可以帮孩子们找到那笔钱将是功德一件。面对那些被大海深深伤害过的孩子,哪个水手会袖手旁观呢!"

"奥尔·库克,"我说道,"你说话的本事都快赶上律师了,简直可以劝服迷失的灵魂走出炼狱。好吧!就让孩子们看看,水手的本领可不仅仅是喝酒。我会去搜寻'伊莎贝拉号',但有一个条件,那就是你要亲自指导潜水船上的所有工作,因为这项工作太危险了,稍有疏忽,我就有可能会丢掉性命!"

"当然没问题,伙计!"老头儿高兴地喊道,用他那只依然强壮的手掌用力地拍了拍我的肩,"现在,小伙子们,赶紧回去睡一会儿。明天天一亮,我们就出海!"

于是,我们步履蹒跚地离开小酒馆。外面漆黑一片,雾蒙蒙的,但老库克的酒糟鼻就像灯塔一样,总是会为我们在黑暗中指明方向。

讲到这里,乌拉波拉博士停了下来,装了一斗烟。老克里斯蒂娜给我们添上茶水,又给乌拉波拉端上杯睡前酒,顺便捅了捅壁炉,让炉火更旺一些,又趿拉着鞋离开了。

"孩子们,这样的潜水作业是一次危险的行动,"老头儿继续讲道,"下到海底可不是一件小事,人们最多只能潜到六七十米。在约翰·多兰德那个时代,潜水更是一件危险系数很高的事情,潜到五十五米深的海底,去打捞船上的物品绝非易事。

"话说回来,水中作业为什么会如此困难呢?因为水会对人体产生巨大的压力!你们想想看,实际上我们都生活在海底,不过那不是真正意义上的大海,而是空气的海洋。空气有数千米厚,其重量全都压在我们身上。如果我们周围的空间是真空的,那么我们活动起来会更容易,就像在月球上一样。

"而水的重量相比空气重了约八百倍。试想一下,当我们拿着空桶前往井边时,桶里只有空气,而当我们拎着装满水的桶回来时，那种重量的对比就相当于空气和水的重量差别。潜水员在潜水的过程中，越往下沉，水的压力就越大，这种压力还会对人体产生伤害，因为人体的结构适合在地面上生活，而不适合在海里生活。在海里，人的心脏和肺部的活动会受到巨大的干扰，老潜水员几乎都患有耳聋、失明和各种心脏疾病。

"如果把一个空的锡罐沉入海底，再拉上来，我们就会看到罐子被压扁了；同理，海水可以把一个软木球压得像硬币一样平。当然，只有在下沉到几千米的深度才有可能会发生这种情况。是的，孩子们，大海就是有那么深。比如在日本岛附近，大海就有近一万米深。如果我们把地球上数一数二的高山——位于亚洲喜马拉雅山脉的高里三喀峰放入其中，我们完全看不到山峰的踪影，毕竟它也只有七千多米。

"大家想想看，至今为止，潜水员还不能潜入一百米的海底呢。然而又会有几艘船刚巧沉入这么浅的水域中呢？极少！在大海深处，那些沉没的人和宝藏将永远无法重见天日，只能经年累月地躺在海底那可怕的黑暗之中，那里笼罩着永恒的寂静，因为阳光和海浪都无法渗透到那里。

"现在，我们继续回到潜水员约翰·多兰德的讲述中去。"

"第二天早上，日出时分，"他说道，"我、老库克、我的朋友尼尔斯·尼尔森、葡萄牙政府的官员以及所有参与到潜水工作中的人员都在潜水船上集合了。"

葡萄牙官员还专门带来了溺水特使的照片。就在我们准备出发前往圣波尔图岛的时候,一位虔诚的修女领着两个孩子来到了这里,他们的母亲和"伊莎贝拉号"一起沉入了海中,因为事后,我们没有听说有救生艇靠岸,所以不得不假设,事故是在晚上突然发生的,没有人逃过这一劫。

"在这里,孩子们!"老库克喊道,"这位就是要下潜到你们溺水的母亲那里去的人!无论你们的母亲带了什么东西,他都会给你们带上来。祝他好运!他是个勇敢的人。他这次潜水就是为了给你们打捞物品!"

两个孩子泣不成声,几乎听不清他们的祈祷。虔诚的修女站在一边,静静地为我们祈祷。于是,我们就起航离开了丰沙尔湾。

我们一路向北。空气非常清新,水面上笼罩着一层淡淡的雾气,远处有几艘帆船,像白色的蝴蝶一样若隐若现。蓝色的海面平静无比,只有阵阵微风拂过,这真是潜水的好天气!

到达圣波尔图岛后,灯塔看守人率先上船,为我们指了指"伊莎贝拉号"沉没的方向。很快,我们就到达了那块水域,投下了一个锚,锚的深度差不多能探到海底。接着,我们就开着潜水船在这块水域慢慢游弋,搜寻了大约一个小时后,投下去的锚似乎抓到了什么东西。我们把它往上拉,围绕着这个障碍物不断地投锚,以确定其位置。一次,锚被卡住了,我们把它拉了上来,发现锚爪钩住了帆具。毫无疑问,那障碍物就是一艘沉没的船只,我们就这样顺利地找到了"伊莎贝拉号"。于是,我们又投了几个锚,将潜水船固定住,在经验丰富的潜水大师奥尔·库克认真负责的指挥下,大家有条不紊地开始了潜水准备工作。

我们海底潜水员的生命完全依赖于软管泵给我们输送下来的空气,如果软管断裂或发生气泵故障,那么我们的荣耀便就此结束了。除非潜水员能凭一己之力迅速回到海面上,但这几乎是不可能的。值得庆幸的是,机器和设备故障极少发生。工作人员仔细地检查着为我输送空气的压力泵,并挑选了可靠的人员操作设备。而我则在奥尔·库克的协助下,平静地穿上了潜水服。这套潜水服几乎是全新的,密不透水;穿好后,手腕和脚踝处会再用橡胶套环密封。接着,他们给我穿上沉重的潜水靴,厚厚的铅底能确保我在水中站稳,否则我会像轻飘飘的木头人一样翻倒。最后,他们给我戴上了球形铜质头盔,将整个头部都包裹起来,并用螺丝将头盔固定在潜水服的铜颈环上,再封上一层橡胶条,防止海水渗透;此外,还为我系上腰带,上面插着一把匕首,这是用来对付鲨鱼或其他危险的家伙的。一切准备就绪。

奥尔·库克把连接着气泵的软管拧到了我的头盔上,尼尔森也拿着厚厚的玻璃罩,正准备把我和外界完全隔绝开来。这时,我赶紧拿起了心爱的老烟斗,猛吸了几口。"尼尔斯,"

我说道,"老伙计,我们永远都不知道命运会走向何方,也不知道一会儿我还能不能上来再抽上这口烟,所以我要抓紧时间多吸几口!"

"没错,伙计!"老库克接着说道,"这也是我一贯的做事风格。对了,还有一件事,你可不要忘了!如果你能找到沉船上的钱箱和政府文件,那么我们就会得到一笔相当可观的额外收入,每个人至少能买上一桶顶级的朗姆酒和一箱荷兰烟!就看你能不能把那些物件带上来了!"

那位葡萄牙政府官员也走上前来,之前他一直站在一边,好奇地观察着我一步步穿上潜水服。他戴着单片眼镜,一顶高高的礼帽,这样的形象对于我们这群水手来说非常奇特。"请你再看一看卡布雷拉先生的照片,多兰德大师。如果你能打捞起他所携带的文件,我国政府将支付价值一千比塞塔[①]的黄金作为酬劳。开工吧!祝你幸运!"

我点了点头,许诺将尽我所能。"一千比塞塔!"——我听到奥尔·库克轻声嘀咕道。我确信,他现在脑子里肯定在飞快地计算着,这些钱能买多少桶朗姆酒,因为他红色的酒糟鼻正在空气中使劲嗅着。

"准备好了!"我喊道。

旋上头盔的玻璃罩后,气泵工作人员便开始工作了。库

---

① 西班牙前货币单位。

克把信号绳系在我的腰带上，潜水员在海中可以通过拉动信号绳的次数来传递信号。然后，我便穿着沉重的铅鞋，走向悬挂在船边的绳梯。

下水之前，我最后一眼看到的是那个戴着单片眼镜的官员的高礼帽，紧接着，我就来到了水下，一股寒意向我袭来。我抓住绳梯的末端，用力地拽了一下。船上的人把我慢慢地放了下去，越沉越深。我的周围满是碧绿的清澈海水，上方是一道黑影，那是潜水船的底部。

我越沉越深，每隔一段时间就要在一个地方一动不动地停留一会儿，因为潜水员必须让他的心肺有时间适应变化的水压，这样才能下降到更深的地方，这一点非常重要。海水像玻璃一样透明，我可以看到小巧精致的鱼儿在远处闪过。又过了一会儿，我已经能看到脚下淡黄色的沙土上横着一块黑色的物体，显然，这就是那艘沉船，但我离它还有一段距离，看不清细节。

我继续往下潜，不时停留一会儿。慢慢的，周围变得越来越黑。即使在阳光明媚的正午，在碧绿清澈的水中，一旦到了三十米深的地方，也会变得非常昏暗，就像在岸上黄昏时分的暮色。现在，我身处五十五米深的海底，几乎不能依靠阳光来看清周边的情况。除非是在天气极好的情况下，阳光才能到达这里。不过，海底的浅色沙子却还有一点亮光，上面布满了数以万计的贝壳和贝壳碎片，银光闪闪，因此在一定程度上能助我看清一些东西。此外，我们潜水员习惯于在这种光线下工作，就算在黑暗中也能看清事物，就像鼹鼠一样。

然而，并非所有海底的条件都是这么有利的。我曾在一些地方潜水——英国的沿海区域，靠近一条大河的河口处，河流带来的大量沙子和泥浆会在入海口沉积下来。满是黏软的烂泥，很容易让人陷进去。还有一些地方的海底看起来就像是一片原始森林，覆盖着纠缠不清的藤蔓植物，潜水员很容易被缠住，无法脱身。但也有一些地方的海底看上去像连绵不绝的山地，矗立着高低不平的峡谷和岩壁，时而在黑暗的深处还会升起一片珊瑚礁。

老库克做事真的非常仔细！八分钟后，我的脚触到了地。我拉了拉信号绳告诉他们，我已经到达海底。

在离我二十步远的地方，"伊莎贝拉号"黑色的船体从沙底中探出。整艘船倾斜着，桅杆阴森森地杵着，船帆和索具诡异地垂着。"老伙计，你终于到达海底了，"我对自己说道，"只有振作起来，你才能安全上岸；时间紧迫，但你还是要淡定自若。在这样的深度，你可不能过度劳累，否则五分钟后你就会筋疲力尽。到了那个时候，你就只能立刻发出上升信号，不然就完蛋了。"我慢条斯理地利用挂在沉船上的绳索爬上了甲板，两次瞥见水手躺在那里，但我没有停留，因为我没有办法再去帮助这些可怜的人了，而且在海底的时间是极其宝贵的。我最多可以在这里坚持一刻钟,然而在这段时间里,我有很多事情需要完成。

在甲板上,我没有找到船长、特使或孤儿母亲的踪迹,他们可能在船舱里。我小心翼翼地转身走向楼梯,从那里可以通往船内、前往船舱,在这个过程中,我始终谨慎地护住我的空气软管和信号绳,防止它们与船帆、索具纠缠在一起。"伊莎贝拉号"真是艘陈旧的帆船,在船身下沉的过程中,甲板上倒下的横梁和滚动的木桶把楼梯口的门完全堵住了,我根本没法通过。不过很快,我发现了第二个入口,一个用活板门启闭的简单入口,一个陡直的楼梯直通船舱,我小心翼翼地爬了进去。

船舱内一片漆黑,只有从覆盖着厚厚玻璃片的舷窗、天窗、侧窗透进来的昏暗光线。过了一会儿,我的眼睛逐渐适应了这里。狭窄的走廊尽头是船长室,船长本人早已不知所终,但海图桌下的铁盒里肯定有与帆船相关的文件和钱箱。我决定,先把这个铁盒拿到楼上去。在干燥的陆地上,这么沉重的铁盒至少需要两个强壮的男人才能搬动,但在水下,所有物体都要轻很多,就好像海水想要把入侵的异物再次往外推,这种推力可以让我更轻松地提起箱子。我把大铁箱拖到舱口,拽着它走上陡直的楼梯。到达甲板后,我拉了拉信号绳,让他们放一根绳子下来;一分钟后,一根悬着贴片的绳子便漂浮到我身边。我用这根绳子拴住铁箱,再拉了一下绳子,海面上的伙计就把这宝贵的铁箱慢慢地往上拽，它就这样在我头顶的绿色光芒中消失不见了。

此时，我已经完全适应这微弱的光线了，可以清楚地感知到周边的海洋生物。奇形怪状的家伙们从我身边游过，还有一些静静地藏匿在沉船的索具中，仿佛在窃听些什么。突然，一条大嘴鱼悄悄地游近我身边，这家伙体形不大，半米长，大嘴像鹈鹕似的占了身体的大半，跟一个大汤勺没什么两样；它浑身漆黑，直愣愣地瞪着我的铜质头盔，看样子，它肯定是对我这种奇怪的生物感到好奇，之后便慢慢地游开了。接着，可爱的海葵和水母游了过来，它们的身体非常娇嫩，几乎是透明的，闪烁着各种颜色的光芒，纤细的手臂来回飞舞，向外浮动；它们看起来就像玻璃玩具，颜色艳丽，但也脆弱不堪。这时，一只巨大的海星无声无息地滑过，挥动着五条长臂。紧随其后的是狰狞的深海蟹，长着突出的柄眼、细长的腿和触角。一只笨拙的蜘蛛蟹迈着长长的腿在我身边漫步，闪着银光的小鱼在我身边嬉戏，就像在溪边柳树间穿梭的小飞虫。又来了一个可怕的家伙！那是一条黑犀鱼，常年居住在泥巴中，就像一只形状古怪的袋子，它的头顶长着一根又细又长的触须，看上去就像是马戏团的小丑插在头上的孔雀羽毛；此刻，它正贪婪地张着长满尖牙的血盆大口，追赶着一群小甲壳类动物，而那群小家伙正在奋力地游着，想要从即将吞噬它们的袋子中逃脱。此外，我还时不时看到一些闪烁着黄绿色光芒的深海生物，它们就像老式的白磷火柴……各种奇形怪状、五颜六色的不明生物在我身边爬行，就像色彩缤纷的花儿在我身边绽放，俨然一幅绚烂的自然画卷。

但我时间有限，只匆匆瞥了一眼这神奇的景象又返回舱中。在陡直狭窄的楼梯上，我突然滑了一下，摔倒了，连带着扯了一下绳子，头顶便传来一阵沉闷的声音，光线变得更暗了。我惊恐地抬起头，发现活板门猛地关闭了。我的心脏剧烈地跳动着，身体一会儿冷一会儿热，强烈的恐惧感袭来。很明显，被关上的活板门已经把软管夹住了，据我判断，空气供应马上就会被切断。我赶紧爬上楼梯，用尽全力试图推开挡板，可一次又一次的努力都白费了，活板门纹丝不动，仿佛有个魔鬼坐在上面。此时，我突然发现，空气供应仍在继续。走近一看，原来是一颗铁栓阻碍了活板门的关闭，还留有拇指般粗细的缝隙，所以空气软管没有被破坏，要不然，我肯定将面临窒息的困境。即便如此，我目前的状态仍旧像困在海底监狱里，毫无得到救援的希望。更糟糕的是，信号绳被卡住了。在我滑倒的时候，就是信号绳把活板门拉上的。我无法再向上面发出信号，只能寄希望于船上的伙计会发现情况不对头。这是一个噩梦般的故事，我在水里支撑的时间已经濒临极限。太阳穴突突直跳，耳朵里发出嗡嗡声，这些都表明我的身体已难以承受水压了。

"孩子们，"故事讲到这儿，老乌拉波拉停下来说道，"潜水员在回忆起这么危险的处境时，觉得有必要给自己调一杯烈酒来压压惊。他调的酒非常烈，只添加了少量的糖和水。在那个时候，我还是个小孩子，就像现在的小汉内斯一样，坐在那里张大着嘴巴期待着故事的继续，那大嘴看上去就像要把耳朵咬下来一样。潜水员又慢慢地装了一斗烟，在沉思中差点向客厅里吐口水，多亏他及时想起自己不在船上，于是便继续讲述他的故事。"

我曾经经历过许多危险的事情，但这次是我生命中最痛苦的时刻。我盯着我的救命稻草——那颗铁栓看了很久，下定决心，如果这次我能再次脱离险境，那么我就要把它拧下来带走。但上面的伙计可能要过很长时间才能注意到情况不对，还有就是那个唯一敢潜入深水域的尼尔斯·尼尔森，他能否顺利地解救我，也还是个问题。各种悲伤的画面在我的脑海中浮现。我想起了在类似事件中惨死的同行——其中一个潜水员的脖子被潜水绳缠住了，当他的同伴们把他往上拉时，恰好勒住了他的脖子，可怜的潜水员最终窒息而死。上面的人过了好一会儿才意识到下面的人已然不在人世，后来，另一个潜水员下水只把他的尸体带了上来。

我逐渐冷静下来。"听天由命吧。"我对自己说。为了有效地利用时间，我紧张地忙碌起来。我剪断了卡在活板门上的信号绳，匆匆走进了船舱。在第三间房间，找到了要去接孩子们的那位母亲。她躺在门边，衣服完好，显然被涌入船舱的海水吓坏了，紧紧地抱着袋子，里面定是装着她珍视的东西。即使是在死后，她的脸也不恐怖，只流露出无限悲伤的神情，那时她心里想的一定是她的孩子。我在桌子上还发现了一本日记，这位母亲写下了她对孩子们平日里的观察以及本次的旅行见闻。在日记本的最后一页，因为马上就要抵达目的地的缘故，她在临死前的几小时里写了一首小诗：

> 夕阳燃烧最后的金黄，
> 听那遥远的地方，海浪激荡海岸！
> 和煦的南风依偎船帆，
> 夜间的平静穿越暮色。
> 清新的晨曦萦绕龙骨，
> 看那前方的森林，是我们的渴望！
> 微风飘扬白帆的明亮，
> 让锚落下，感恩一切美意！

读到这些文字，我的心痛苦万分，也更为清醒地意识到自己的凄凉处境。那位母亲没有能够抵达近在眼前的港口，而谁又能知道，我是否还能抵达呢？

响亮的钟声突然在耳边响起，我被吓了一跳！那是什么？

不知什么东西发出咯咯声，紧接着，轰隆隆的音乐声充满了整个空间。我惊恐万分，把周遭的一切都抛到了九霄云外，冲到走廊上，向楼梯走去。渐渐的，我恢复了意识——耳边响起的是一首欢快的舞曲，接着又是一阵咯咯声，而在这声响之后，沉船又恢复了死寂，一阵阴森的感觉袭来。我又跑了回来，对自己说道："老伙计，这个世界上不存在超乎自然的东西。在这个地方，除了你自己，就没有其他活人了。这绝不可能是一场鬼魂音乐会。"我环顾了一下女士客舱，很快就发现了怪声的源头：在舱门的上方挂着一个大型八音钟，每隔一小时就会播放一首曲子。我们知道，水的传声能力要比空气强得多。由于整艘船都浸满了水，在无声的寂静中，声音效果异常强大。更何况，在这种情况下，没有人会想到有音乐会突然响起，所以我才被吓瘫了。今天回想起这个疯狂的故事，我可能会一笑了之，但那当时，我真的认为有鬼怪在追我！稍稍平复了一下情绪后，我拿起那本母亲的日记和她的旅行袋回到了楼梯上，心生悲凉。因为我可以清楚地感知到，我在水下的极限时间到了。我的头颅像低音提琴一样嗡嗡作响，鼻子开始渗血，四肢越来越重。我跌坐在了楼梯上，几乎快要晕倒了，眼前一片模糊，周围的一切似乎都沉浸在绿色的微光之中，一片挥舞着绿色藤蔓和枝叶的海洋不停地涌动着。此外，我的耳边还回荡着一种奇怪单一的旋律，原来，是我呼吸的废气正嘶嘶地从铜质头盔的排气口溢出变成气泡，我的头脑异常混乱，全然不知道该如何区分音乐和气泡声了。

猛然间，我觉得自己仿佛从沉睡中醒来，头顶传来沉闷的撞击声，紧接着是震耳欲聋的噪声，就像房子倒塌一般的巨响。后来，我才知道那是什么声音，是尼尔斯·尼尔森下来救我了。他看到了留在舱口的空气软管和被割断的信号绳，看到了沉重的挡板，原来，就在活板门落下时，一块沉重的铁块滑了下来，堵上了门板。现在，他明白了为什么我没有再向上面发出任何信号。他艰难地将铁块推到一边，清理掉了障碍物，用撬棍插进舱门，终于成功地打开了活板门。由于声音的强度被海水放大了一百倍，在我这个奄奄一息的人听来，所有这些声音都像电闪雷鸣。

尼尔森把我拉到了甲板上，在我的腰带上系上升降机的绳子，并发出信号，让船上的伙计开动升降机把我拉上去。我僵硬的手指紧紧地抓住装着孩子们物品的袋子，好像生怕有人要从我手中抢走似的。我这么做完全是无意识的，在我疲惫的大脑中可能还存有最后一个想法：必须不惜一切代价为孩子们保护好这些物品。于是，慢慢的，慢慢的，我被拉到了水面上，仰面漂浮着，就像一个麻袋。

老库克非常明智谨慎，他指挥伙计们把我缓缓地拽了上来，正如人们不能太快深入大海，避免突然承受巨大的水压一样，我现在的身体器官已经适应了深海的压力，所以也不能太快离开那块区域。许多深海潜水员都因为粗心大意，没注意到这一点而付出了沉重的代价：先是所有器官麻痹，紧接着，气泡渗入心脏和静脉，最后引发死亡。

终于，我被拉上了船。他们把我拉到甲板上，拧开头盔，让我躺在这里晒太阳，我的虚弱感很快就消失了，就像它袭来时一样迅速。阳光照耀，暖风拂面，海鸟在船的上空盘旋，甜美、纯净的空气流入我的肺部，很快，我便恢复了活力。奥尔·库克坐在我身边，旁边站着那个戴着高礼帽和单片眼镜的政府官员，他似乎在思考——入海潜水真不是一件容易的事。

"年轻人！"奥尔·库克叫道，冲着船锚绞盘机老练地吐了一串烟圈，"你到底经历了些什么？我们都以为鲨鱼把约翰·多兰德当作早餐吃了呢！"

"你有拿到文件吗，大师？"葡萄牙人迟疑地问道。

我摇了摇头，简短地告诉他发生了些什么。船上的钱箱已经在甲板上了，母亲的物品也保存了下来，只有那些棘手的政府文件还在海底。于是，老库克急忙把一块石板放入海里，上面写着："尼尔森，搜寻葡萄牙人的文件。"

信号绳被下面拽了一下，这表明，正在沉船里翻找物品的尼尔森已经接收到指令。

此刻，我穿着潜水服蹲在甲板上，享受着阳光的温暖。

"这是一项艰巨的工作，年轻人。"老库克说道，"你完成了大部分的工作。如果那该死的挡板没有掉下来，政府文件现在肯定已经在我们手里了，但看起来魔鬼向你伸出了爪子，要不是那颗铁栓，你就已经是个死人了，说不定正在上面和天使们一起抽着烟呢。那我老库克就只能买下朗姆酒，祝你永恒极乐了。"奥尔·库克用轻松的口吻与我聊了一会儿。气泵还在持续工作着，为海底的尼尔斯·尼尔森输送生命之气。在沉闷单调的气泵声中，我昏昏睡去。

大约一刻钟后，我被慌乱的脚步声和急促的说话声吵醒了，还听到了潜水大师库克的声音。"真是活见鬼了！"他喊道，"我还纳闷，尼尔森这回怎么这么勇敢，在水下待了这么长时间！由于他没有发出任何信号，我就拉了三次绳子，可是没有得到任何回应。我又拉了一次，又拉了一次，可是还是没有任何反应。尼尔森怕是在那棘手的沉船中遭遇了不测，伙计！真是难以置信！接连两个热带地区最好的潜水员都遭遇了险境！我老库克决不会坐视不理，不能让他们被困住。就算是一把老骨头了，就算是忘记如何在水中呼吸了，我也要再入水一次。大家快点把第三套，也是最后一套潜水服给我！快！快！快！否则就晚了！"

我立刻跳了起来。"库克！"我大喊，"别再胡说八道了！你已经是一块老古董表了，还没等你下到海底，内部的齿轮就停止运转了。如果还需要有人下水，那个人就是我！尼尔斯·尼尔森跳下去是为了救我，有恩报恩是一个水手的本分。

正好我身上还穿着潜水服。快把头盔给我,我马上就下水。"

大家都同意我的观点。奥尔·库克下水只可能白白牺牲,毫无生还的可能。但如果约翰·多兰德觉得自己的体力已经恢复,那么他完全可以第二次下水,并在水下坚持几分钟。大家把头盔递了过来,我重新振奋起精神。两分钟后,我入水了,比第一次更慢地滑向大海深处。我安全地抵达海底,爬上船,穿过舱门,发现尼尔斯·尼尔森瘫倒在通往船舱走廊的一个角落里。我摇晃着他,他没有动。他是晕倒了还是已经死了,我无法判断。我费了九牛二虎之力才把他拖到甲板上,让船上的人把他拉上去,正如他半小时前解救我那样。只有新鲜空气才能救他,不知道我的老朋友还能不能撑下去。一个想法在我脑海中挥之不去:下来救我的尼尔斯·尼尔森真的会丧生于此吗?我非常难过,几乎无法进行下一步工作。我强打精神,匆匆穿过船舱。这一次,我不会在海底逗留超过十分钟,即便我没能找到葡萄牙政府的文件。最后,我在最豪华的客舱里发现了卡布雷拉先生,他躺在沙发和椅子之间,周遭一片混乱,桌椅全被掀翻了,很明显,在海水涌进客舱的时候,这位先生还在睡梦中。我根据葡萄牙政府官员给我的照片认出了他。经过长时间的搜寻,最终,在他的衣服里找到了一个厚厚的、密封的皮包,里面可能装有那些文件。事后,我们发现文件果然就在其中。

我不敢多停留一分钟,因为我的耳边又开始咆哮了。我爬出舱门，抓住一块沉重的铁片，用它敲落了那颗活板门上的铁栓，它曾救了我一命，然后才向上面发出了上升信号。慢慢的，我越升越高，直到闪亮的铜质头盔在海面的阳光下闪闪发光。

我爬上了潜水船，大家急忙帮我脱下了潜水服。在早晨的阳光下，可怜的尼尔森像死尸一样躺在湿漉漉的甲板上，那些正在奋力施救的伙计们围在他身边，想让他起死回生，但一切都是徒劳。在昏暗的沉船走廊里，一次心悸让尼尔森迅速死去，没有过多的痛楚，不再有忧虑，也不再有快乐。

碰到这样的事情，人们能有什么办法呢！水手经常会与死神擦肩而过，如果死神的镰刀砍中了他的同伴，那么水手就会摘下油皮帽，为死者祈祷，愿死者安息。在今后很长的一段时间里，水手会在烟斗和酒杯中回忆起风和浪，回忆起那些与他共风雨、同欢乐的老朋友。

大海是残酷的。如果我们不能及时上岸，它就会把我们带给死神。我们在真切地为离开的朋友哀悼。这一次，我们所有人都得到了丰厚的回报。我花了一笔巨款给尼尔斯·尼尔森立了一块庄严体面的墓碑，就在丰沙尔公墓。高大的柏树伴随着海浪沙沙作响，白色的墓碑在刺眼的阳光下发出夺目的光芒，尼尔斯·尼尔森在那儿沉睡了很久。如今，两个孤儿已经长大，成了优秀的人才。每年"伊莎贝拉号"沉没的纪念日，他们都会去尼尔森的坟墓祭奠。他们也没有忘记是我从沉船里给他们打捞了遗产,并赠予了他们从葡萄牙政府那儿得到的大半赏金。他们还会时不时地从南方那个阳光更温暖、酒更烈的地方,给居住在德国海岸边这个寒冷、多雾的海滨小镇的我,寄来满满一箱子葡萄酒,这让我老约翰·多兰德的心再次温暖起来。我常常会倒满两杯酒,搬两张扶手椅到小客厅的桌边,想象着和老尼尔森喝酒聊天,就像他坐在我对面一样!

"就这样,潜水员的故事讲完了。我的父亲和他干了一杯,又接着讲述着他们的青春岁月。那颗铁栓仍然留在我们的房子里,你们听完了这个故事,也就知道了为什么老乌拉波拉会把它放进珍宝柜里了:它曾关乎一个人的命运。有时,死物就是这样,它们会介入人们的生活,带来幸与不幸,就像这颗生锈的铁栓;不知道它背后故事的人,肯定觉得它一文不值!"

心脏与怀表

一个有钱人正躺在沙发上午睡。他的嘴巴张得大大的,呼噜声像电锯似的。房间里非常安静,你们甚至可以听到苍蝇的嗡嗡声。它们用小探针喝着杯子里剩下的葡萄酒,在精致的陶瓷餐盘上的蛋糕碎屑里大快朵颐。这里的生活简直太美好了!这些不请自来的苍蝇正兴奋地在那个有钱人的鼻子上跳舞,这世界有时候真是匪夷所思!

在这个家伙的胸口内外似乎都有东西在跳动。你们仔细听!有没有听到胸口外那轻轻的、富有节奏的低语?"嘀嗒,嘀嗒,嘀嗒……"有没有听到胸口内部那深沉的回答?"扑通,扑通,扑通……"这就是怀表和心脏。它们紧紧地依偎在一起,却各自做着自己的工作。

"我们的主人睡着了。"心脏说道,"我可千万不能睡着!

我从来都不睡觉。我要是睡着了,那我的主人就再也不会醒来了!"

"你到底在里面做些什么事儿呢?"怀表问道。

"我负责推动整个身体器官的运行。我是一个大型水泵,把血液输送到主人的每一根血管中。没错,这不是一件小事。哪怕我停下一分钟,我的主人就会永远安眠。我已经连续工作五十年了,但大家对我没有丝毫感激之情。你看,五十年是一万八千二百五十天,超过四十三万八千个小时。也就是说,自我的主人出生以来,我不间断地将血液注入他身体里的每一根血管中,已经持续了两千六百多万分钟。如果你注意听,就会很容易算出我每分钟要敲打六十下,所以我在这五十年里敲打了十五亿七千六百多万次,一次也没休息过!"

"哇,这真是一份值得骄傲的工作!"怀表评论道,"这忠诚的服务,你的主人应该给予你丰厚的回报!"

"唉!"心脏埋怨道,"可他还是对我不满意!一个大热天,他带着我爬上了一座高山。那真是一次可怕的经历——我难受得厉害,以为自己会死!还好最后没事。但当主人跑得越来越快,对我的要求越来越高时,我生怕错过了一个节拍。可事后,主人就变得非常不高兴,一直都在骂我,说他的心脏坏掉了。你可以想见,他真是一个忘恩负义的主人。"

"你也是由金属做成的吗?"怀表问道。

"不是的,"心脏回答说,"说起来,这一点很幸运。我是由肌肉和膜衣构成的，比钢铁更为耐用！"

"但如果你需要修理的话，你的主人会怎么做呢？"怀表好奇地说道，"如果我需要修理，就必须去找钟表匠——把齿轮刷干净，并装上新的弹簧。"

"完全没有必要！"心脏咆哮道，"我没有齿轮和弹簧，一向都是自我修复。但有一次，主人带我去见了一个能修理人类的人。他的鼻子上架着一副大眼镜，用拉丁语告诉我的主人他有些什么毛病；还用听筒听了听我的敲打声。谁能料到，此后我的主人就不得不喝下满满一大瓶苦涩的药水。肠胃对此感到非常生气，因为它们说整件事情都与自己无关，遭罪的却是它们。"

"你该觉得庆幸。"怀表说道，"还好你不需要钟表匠来修理。那可是一段可怕的经历。首先，钟表匠会把你肢解，还会用刷子把你里里外外清理一遍，拿着铁钩子肆意地在你的内脏里戳来戳去，还用一个尖锐的工具在你身体上刮来刮去，各种碎屑掉了一地。主人后来骂骂咧咧地支付了三塔勒①硬币的修理费。钟表匠则说我是个老家伙，内部零件早就不中用了。"

"你也输送血液吗？"心脏问道。

怀表吓了一跳，低声说道："我是由纯金打造的，但这并

---

① Thaler，德国旧时货币。

不重要,因为这只是我的外表。我有丰富的内心世界——在我体内好像有一个磨坊,一个齿轮会带动另一个齿轮转动。最重要的是,我很守时。守时是最好的礼仪。我的主人说,如果我偷懒迟到了,他就会很生气。但我非常自觉,会赶在第二天跑得更快些,可这又让他不高兴了。人类真是忘恩负义,不知道自己想要什么。"

"那你这磨坊里都磨些什么呢?"心脏问道。

"我什么东西都不磨。我制造时间!"

"时间,时间?"心脏惊奇地问道,"那是什么东西?"

"是的,时间。"怀表低声回答,"确切地说,我也不知道时间究竟是什么东西,但它肯定是一件珍贵的东西,因为我的主人常说,时间就是金钱,而金钱统治着这个世界。我在生活中扮演着一个重要的角色。皇帝和国王都要根据我的指示行事,遇到重要的事务都必须咨询我。然而,和你的境遇一样,人们也不会对我感恩戴德。你看,我已经为主人服务了二十年,这足以说明一些问题了。每秒钟,我会'嘀嗒'五次,也就是说一小时要'嘀嗒'一万八千次,一天就是四十三万两千次,一年差不多一亿五千八百万次。我日以继夜不停地工作着。我的齿轮还没主人的指甲盖大,多年来,它一直以闪电般的速度不停地转动,那速度快到我们几乎看不清它。如果齿轮笔直地向前滚动,那么在一天内,它就能走过三十六千米;三年内,它差不多就能绕整个地球一圈呢。

我所有的器官都非常精致纤巧，转轴像头发丝、羽丝一样纤细。我什么都不吃，什么都不喝，只要每隔几年滴一点油就行，但人类还是不领情，你根本无法取悦他们。如果可以，我想去远方的世界看看，可是我就只能待在这里，像奴隶一样被锁在链条上。"

"每个人都有各自的烦恼。"心脏说道，"我必须小心翼翼地维持身体各个器官的运转。主人的血管里有八升血液，而我每天要抽放八千多次。是的，这是一份不错的工作。但主人却不断地喝着葡萄酒，抽着雪茄，加重我的工作负担，快把我折磨病了。我还时常会碰上个别器官来找麻烦——有时候，头部的血液太多了，它就会很痛苦；有时候，我的主人笨拙地坐下来，挤压着腿部的静脉，甚至保持那个姿势睡着了，就会导致血液不流通；有时候，双手会抱怨没有得到充足的血液，都快要冻僵了。而所有的一切最终都会怪在我身上！"

"我，"怀表说道，"常年生活在与指针兄弟的战争之中。它们认为自己是最重要的部件，因为主人只关注它们。可是它们不知道，如果齿轮不去转动它们，它们就完全没有用武之地。指针兄弟也一直处于内部矛盾之中。小胖子很恼火，因为瘦高个儿总是超过它，所以小胖子有时候会挂在瘦高个儿的衣角上，跟着它一起走，指针们就会乱作一团。但最糟糕的是那个矮个子，它总是在一个小圈子里转动，就像马戏团里的马儿一样兜着圈子。有时，它想兜得远一点儿，和小胖子、瘦高个儿一起转动，就得紧紧地抓住瘦高个儿，或者愤怒地磨着表盘，导致整个怀表都停滞不动。见状，主人就会生气地把我拿起来，狠狠地敲在桌角上，我的内脏都快被震出来了，他还会骂骂咧咧地说我是个笨蛋，要不是因为我是金子做的，他早就把我从窗户扔出去了。"

"嘘，"心脏提醒道，"他醒了！"

没错，那个有钱人真的醒了，打了个响亮的哈欠，从沙发上下来，看了看怀表说道："四点半了！你这个老家伙最好走得准！"

"唉！"怀表叹了口气，"这世界的人有时就是会忘恩负义！"

月球上的一天

一个美丽的夏日夜晚,月亮像哨兵一样站在高大的冷杉树梢头。"孩子们!"乌拉波拉博士招呼道,"你们这群顽皮捣蛋的小家伙,成天无所事事,一无用处!既然我已经答应了你们,就必须信守诺言。因此,今天我准备让你们用这架大型望远镜,看一看月亮!"

"太好了,乌拉波拉!我们真的可以用望远镜看月亮了吗?为了表示感谢,我们会去山林中帮你采集草药,为你的甲虫采集苔藓!"

"还算划得来!"老头儿咕哝了一声,从钥匙串上解下一把钥匙,带着我们一起经由走廊,走向楼梯,前往放置大型望远镜的石板屋顶塔楼。

楼梯间黑漆漆的,乌拉波拉点亮小油灯在前方引路,紧接着,我们听到钥匙在锁孔里咔嗒咔嗒地转动,呀的一声后,门打开了，我们终于进入这间神秘的房间。一眼望去，房间中心架着一个长得像大炮的庞然大物，炮筒似的东西非常粗，我们几个孩子中瘦小一点的都可以从中间爬过去。这东西上还安装着各种钢的、铜的旋钮和操纵杆，望远镜的前方内部装有一大块玻璃镜片，看上去像个餐盘，后方内部则装有一块非常小的玻璃镜片，我们须得透过它才能看到远方。这门"大炮"旁边有一口大钟，外面罩着玻璃罩，长长的钟摆正缓慢有力地来回摆动着，不停地说着"嘀嗒，嘀嗒……嘀嗒"。房间角落里还堆放着各种仪器，壁上挂着月亮和星星的图片，书架上摞着厚厚的书。我们好奇地向乌拉波拉问这问那，这个老头儿听后暴躁地咆哮道："别叽叽喳喳、吵吵闹闹的！快把手拿开，别碰那些东西！你们还不懂！"

塔楼顶上装着几块很大的挡板，完全打开后，我们就可以用望远镜来观察星星了。塔楼里一片漆黑，街上路灯的灯光完全照不进来。乌拉波拉拨开铁栓，打开了挡板，月亮的淡淡光芒便洒了进来，仪器被照得锃亮，我们的影子在地上也拖得老长。

接着，这位老人便把望远镜对准了银光闪闪的月亮，转动起了旋钮和操纵杆，透过小镜片看向月亮；然后，我们就可以逐个走上前去观望月亮。那个寂静而遥远的月球世界，在我们面前放大了好几百倍，甚至可以清晰地看到奇特的土地与山脉。

透过望远镜来看月亮是那么神奇！我们只看到了月亮的一部分，但只这一部分面积也如此巨大。起初，月亮看起来像一块巨大的石膏板，后来，我们看到月亮上其实有很大的灰色斑点，乌拉波拉说这是月球上的大平原，或许曾经是汪洋一片。特别有意思的是群山，我们看到了许多发光的山峰，乌拉波拉向我们解释说，它们是在太阳的照耀下闪闪发光的，因为月亮和地球一样被太阳照耀着，它本身也和地球一样，不会自己发光。群山在平原上投下了长长的、尖尖的影子，而在太阳无法抵达的山谷里，只笼罩着沉沉的黑暗。我们还看到了数以千计的圆形火山口、连绵不绝的山脉；一眼望去到处都是深深的裂缝，月亮在望远镜中看起来就像是一个大蛋糕，老鼠在蛋糕上啃出了一个又一个小窟窿。

我们就这样站在那儿看着月亮，看了很久很久。老乌拉波拉还在一旁给我们解释所看到的景象。但当我们抛出一个接一个的问题时，他便又变得狂躁起来，用他的花手帕擤了擤鼻涕，又扶了扶牛角框眼镜，一如既往地咆哮道：

"安静！你们这帮捣蛋鬼！不要七嘴八舌、乱喊乱叫！你们已经看到月亮了，并且已经了解到，它是像地球一样的球体，但却没有生命，没有人居住在那儿。如果你们想知道得更多，那我会给你们讲个小男孩儿的故事，他在月球上待了一天。都坐过来吧，围成一圈，乖乖竖起你们的耳朵！"

说完，乌拉波拉在鼻烟壶里猛吸一口，响亮地打了两个喷嚏，他的小辫子也被震得跳了起来。关于月亮的故事马上就要开始啦！

　　一天晚上，一个叫弗朗茨的小男孩儿正躺在床上，却怎么都睡不着，月光洒在他的脸上。顺着月光望去，只见月亮高悬山顶，像一个孤独的梦游者。冰雪覆盖的大地，在月光的照耀下闪出星光点点。小男孩儿抬头看着那个发光的银色圆盘，上面的灰色斑点让它看起来更像一张善意满满的笑脸，蓦地，他回忆起晚上听到的对话。今天家里来了一位客人，是他父亲的一位朋友，一位博学的教授，终其一生都在研究太阳、月亮和星星。晚餐时，他讲起了各种关于天空的事情。于是，小弗朗茨问起了月亮的故事，那时月亮刚刚升起，正透过窗户向里望着。戴着金丝眼镜的老教授告诉他，童话故事里讲的都是假的，那里根本就没有什么永远背着一捆干柴的"月球人"。他说，月球就像是一颗遥远的星球，上面满是山脉和山谷，宽阔的平原和深不见底的火山口，但却笼罩在一片死寂之中，找不到任何生命的迹象，就像没有人类会踏足这个陌生的世界一样。

　　小弗朗茨的母亲说："要是可以去月亮上看看就好了！"他的父亲说，人类已经发明了很多有趣的东西，他们将来肯定能飞到月球上去的。这时，老教授透过那副金丝眼镜露出了奇怪的笑容，他对小弗朗茨说："孩子，或许有一天我们会一起进行一次月球旅行呢！"

但说到这儿时，母亲便叫小男孩儿上床睡觉了，因为已经很晚了，孩子们要想保持健康，就必须早点睡觉。听完教授讲述月亮在遥远天际运行的故事，小男孩儿兴奋不已。现在他正躺在床上，绞尽脑汁地思考着如果能飞到月球上去，在遥远的星球上漫步会是什么样的情景。慢慢的，他闭上了眼睛，月光透过白色的窗帘轻轻地抚摸着他。他又累又困，进入了梦乡。

突然，我们的小弗朗茨听到门"咔嗒"一声开了。原来，是教授走了进来。他对着睡梦中的小弗朗茨亲切地点了点头，但他看起来苍老了许多，头发像雪一样白，好似时间已经过去很多年。"孩子，"他叫道，"你还记得我吗？我是你的朋友，天文学家！你还记得，你上次说想上月球时，我答应过你什么吗？我已经研究出了宇宙飞行器，现在机器造好了！我曾承诺在月球旅行中带上你。言出必行！来吧！你的父亲已经站在外面等着了。"

我们的小朋友像兔子一般从床上蹿了起来，赶快把衣服穿好。他的母亲也跑来了，给他裹上暖和的披肩和毛皮大衣，然后他们走到了屋外。

屋外的大广场上停着一台非常奇特的机器，它的构造一半像飞机，一半像齐柏林飞艇，有机翼和螺旋桨，还有一个厚厚玻璃制成的大吊舱。许多人站在它周围啧啧称奇，那个总是自以为是、胡说八道的邻居菲利普,在广场对面远远地喊道:"你们知道发生了什么事吗?里面坐着总统呢!他正准备去北极,听说那儿的扫雪工人正在闹罢工,他要去劝说他们呢!"留着小胡子的警官莱姆克听到这话羞得脸都红了,他跑来跑去,并大声喊道:"女士们,先生们,请你们离远一点儿,离远一点儿!"

父亲领着教授穿过人群来到这里。他们都裹着厚厚的毛皮大衣,向警官挥手致意。母亲也来了,再一次地与他们握了握手,又抱了抱小男孩儿,红着眼睛看向宇宙飞行器。母亲并不想去月球旅行,所以她是来送行的。小弗朗茨也很焦虑,但教授非常高兴,说这次旅行肯定不会有什么问题。随后,他们灵活地钻进了玻璃吊舱,教授熟练地转动各种操纵杆和旋钮,如巨鸟一般的宇宙飞行器在轰鸣声中腾空而起,径直飞向了空中。

人们在下面喊着:"飞起来了!""太好了!"并挥舞着他们的手帕和帽子。这时,谁的头上没有头发了是显而易见的。母亲则站在一边哭了起来。

城市变得越来越小,房屋看起来像极了玩具,花园像是零星的苔藓,最后,地球上的一切都变成了绚丽的色块。接着,他们看到了广阔的田野。田野也已经变得面目全非了!森林变成了深绿色的布块,山脉与平原几乎无法区分,河流像是一条条薄薄的、闪亮的锡纸条。突然间,一切都不见了,像被风吹走了似的。四周涌动着难以穿透的白色物质，就像一片牛奶的海洋。很多水沿着吊舱的玻璃流下，就像用喷水壶浇过了一样。小男孩儿害怕地跑向父亲和教授，但他们都只笑着安慰他。

"鼓起勇气，我的孩子。"教授说道，"让你感到害怕的东西不过是一片云而已，它飘浮在地球上空约七千米处，我们正在穿过云层。注意了，我们马上就要穿透云层了！"

没过多一会儿，蔚蓝的天空中又出现了太阳，而往下看去，云层就像一座座巨大的奶油山脉，延绵数千米，在风的吹拂下迅速向一边飘去。云朵的形状不断变化着，偶尔透过云缝还可以看到远处的大地在闪闪发光。"为什么一切看上去都那么潮湿呢？"小弗朗茨问道，此时，他已经平静下来了。

"这很简单，"教授回答道，"云不过就是水蒸气，就和火车头上升起的白色水汽没什么两样。想一想洗衣房里的情景吧，孩子！当水蒸气碰到冰冷的窗户时，就会凝聚在一起变成小水滴，接着，小水滴越聚越多，窗户就会蒙上一层水汽，最后，就会有水流下。"

"在云层中穿行可太有趣了！我的小伙伴们肯定从来都没有这种体验！"

"你错了，我的孩子！和你一样，他们也经常穿梭在云层中，因为地面经常起雾，而雾的本质就是云，地球表面的云啦！"

又过了一会儿，另一些新鲜有趣的东西出现在他们的视野中。在他们的脚底，地球就像一个巨大的圆盘，圆盘上就只能看到深浅不一的色块，深色的是大海，浅色的是陆地。现在，连云层都离他们远去了，看起来就像是地面上的残雪。飞行器以极快的速度向上呼啸而去。欧洲看起来和画在地图上的形状无异，可以看到靴子形状的意大利，伸进了一长条的黑色区域，是地中海；在北方，瑞典和挪威所处的斯堪的纳维亚半岛就像一头跳跃的狮子；再往北是一片令人炫目的亮白色区域，不用说，那就是北极周围的冰雪地带了；西边的一块一望无际的深灰色块便是大西洋。在高空中，我们看不到任何人类或人类所造之物的痕迹，也会让人突然意识到人类的世界如此渺小，为了比别人多拥有一块土地而发动可怕的战争真是愚蠢！

接着，发生了一件非常奇怪的事情！到目前为止，飞行器一直是从地球垂直向上，朝着太阳的方向飞行的。但月球才是这次旅行的目的地，时值满月，所以月球的位置几乎与太阳相对。于是，飞行器就需要改变航线，转向侧面，绕地飞行，去往地球的另一面。那里现在正是夜晚，月亮高高地挂在天上。老教授操纵着奇妙的机器往那个方向开去，小弗朗茨此时看到了一番非常奇特的景象。在此之前，他们脚下的地球一直是一个明亮的大圆盘，而现在，圆盘的边缘正在被一点一点地侵蚀，最后，地球看起来像一轮半月，另一半已经消失不见了。父亲也惊讶地站在那里，注视着这个奇特的景象。他们的惊叹声将博学的教授从沉思中唤醒。"是的，"教授解释道，"不过别太惊讶，这个景象其实很容易理解。地球只不过是一颗巨大的黑暗球体，它本身不会发光。地球的一面被太阳照亮，就好比说有一个网球，我们把它带到一间黑暗的房间里，再点燃一根蜡烛，我们就会发现网球的一面被蜡烛照亮了，而另一面则完全是黑的，在地球上即表现为夜晚。在此之前，我们一直都处在地球上被照亮的那一面的上空，不过我们正在向夜晚的那一面移动。目前，我们正好在明亮和黑暗的交界处。在左边，我们仍然可以看到白天的一面，而在右边则是夜晚的一面。太阳的光线无法照射到夜晚的一面，所以我们无法看到地球的那一部分。这很简单，不是吗，小弗朗茨肯定都听明白了。"

是的，小弗朗茨也明白这一点，他在学校里已经学过一些相关知识，但现在，他居然亲眼看到了这奇特的景象，而且还有更加奇怪的事情。刹那间，黑暗包裹了他们。太阳就像被施了魔法一样，一下子消失了，消失在了地球的背面。在他们头顶上空，闪烁着许多星星，稍稍偏一点的位置是一轮满月，他们的眼睛正在慢慢地适应月亮微弱的光芒。

"看，"天文学教授说道，"现在地球正处在太阳和我们之间，因此阳光无法照射到我们身上。在太阳的照耀下，地球会形成投影，此刻，我们身处投影之中，就像月食期间的月亮，它那时也会躲在地球的影子里，所以看上去就变黑啦。这一切都非常简单，而且不涉及任何魔法。"

"在这样的旅行中果然能学到很多东西。"父亲感叹道，"或许我们以后都能成为天文学家，我亲爱的孩子！"

现在，已经看不到地球了，他们完全进入了没有阳光照耀的黑暗区域，那里只有月亮发出的微弱光芒。地球就像一个暗淡的灰色圆盘，渐渐消失在远方，遥远的星星点缀在它周围。天气变得格外寒冷，尽管飞行器的吊舱里有电暖气，三人也都裹上了厚厚的毛皮大衣，但还是冻得瑟瑟发抖。父亲询问了低温的原因，教授积极地解答道："在太空中，温度是零下两百多摄氏度。当然，我们目前不可能给出一个准确的数字。各种缘由，我就不进一步展开了，因为小弗朗茨会听不懂的。试想一下：在地球上，那些连续几个月没有阳光照射的地方，比如南极和北极，一切都被冻结成冰，极地探险家已经测量到，那里的温度为零下五十摄氏度左右，而那里毕竟还在地球上，仍然会有气流将温暖地带的热量输送过去。鉴于这种情况，你们可能就会相信我所说的太空温度了。那么在宇宙空间里，怎么样才能获得热量呢？宇宙中只有在被太阳或其他发热星体照射到的地方才是温暖的。宇宙是空的，连空气都没有，而且——"突然，教授被打断了，大家都惊叫起来。一阵巨大的轰鸣声传来后，拳头大小的石头径直砸向飞行器外壁，此起彼伏的噼里啪啦的撞击声让大家都非常担心,唯恐飞行器会被砸个粉碎。小弗朗茨惊恐地从窗边退回吊舱内部。石头还在不停地砸来,有一些还砸出了火花。

"是'月球人'!是'月球人'!"小男孩儿喊道,"他们发现了我们,正在向我们射击!"

父亲也惊恐地连连后退,天文学家脸色苍白地站在后方,毫无对策地来回踱步。

好在,这次危机只持续了一小会儿就过去了,但教授非常紧张,都没搭理同伴们抛出的接二连三的问题。他仔细检查了机器,在确认其没有受到损害后,才松了一口气。

"太可怕了!太可怕了!"教授拢了拢他的白发,开口说道,"我们遇上了最糟糕的情况!我居然对此毫无准备,真是百密一疏啊!"

"刚刚到底是怎么一回事啊?"父亲问道。

"是陨石,在太空中有无数陨石在游荡。在地球上,我们经常能看到小一点的陨石划过天际,它们就像快速闪现的小火花,我们称之为'流星'。但我们很少能看到大一点的陨石,它们会像燃烧的火箭一样,从天空掉落到地面,最后变成石头或铁块。所有的博物馆都有展出这样的陨石。如果刚才陨石砸碎了我们的吊舱,那我们就完蛋了,因为我们会窒息而死。"

"窒息而死?这又是为什么呢?"

"是啊,宇宙空间是真空的,没有空气。我们现在用来维持生命所需的氧气,都是我从地球上带上来的,存储在舱内的一些大钢瓶里。氧气慢慢地释放出来,以保证我们正常的呼吸;但如果吊舱被陨石击碎了,我们就会在没有空气的星空中窒息而死了!"

这时,两位乘客才意识到,这并不是一次安全的休闲之旅,尽管他们很幸运地躲过了危险,但回想起来不禁还是有些后怕。

不知不觉中,他们离月球更近了,上面的细节都变得清晰可见。大圆盘似的月亮在他们头顶上方,散发出清冷的亮光。他们正以极快的速度冲向月球。

"月球距离地球到底有多远?我们要飞多久?"父亲问道。

"从地球到月球约有三十八万四千千米,我的朋友。"天文学家回答道,"其实不算太远,相当于从柏林到纽约来回路程的三十倍。许多船长的里程数都超过了这个数字。从地球上打一颗炮弹,如果它有足够的动力,中间没有掉落的话,十天后可以抵达月球;如果有一条通往月球的铁路,一列快车从地球出发,日夜兼程地行驶六个月便能抵达。但是,我们现在乘坐的宇宙飞行器速度特别快,我们马上就要到月球啦!看!月球离我们多近啊!现在,我们该准备登陆了。现在,我们每个人都要戴好氧气头盔,背好氧气瓶,因为月球上没有一丝空气,这也是没有人能够在月球上生活的原因。现在,我必须要启动我伟大的制动设备了!如果我们以现在的速度冲向月球表面的话,会被撞得粉身碎骨!"

于是，三个人都开始忙碌起来，很快便准备就绪了：他们看起来就像戴着铜制头盔的潜水员，这种头盔将人的整个头部与外界隔绝，并在颈部用橡胶圈封上，以确保不漏气。钢瓶被固定在他们的背上，瓶中的氧气会通过软管进入头盔。透过头盔上的玻璃罩可以很清楚地看到外面的一切。但是小弗朗茨心中还有疑问：戴着头盔还能听到外面的声音吗？还能听到其他人在说什么吗？

此刻，他们又被笼罩在一片亮光之中，那是近在眼前的月球表面的反射光。教授不停地操纵各种操纵杆和旋钮，转动各种轮轴和把手，白发和衣角跟着他那忙碌的身影飘动着，父亲也在一旁帮忙。终于，一切都准备就绪了！

"好了！"教授说道，"振奋人心的时刻马上就要到了！第一批人类即将踏上月球，这一切都归功于我伟大的发明！不过，我们现在还是要当心一点儿，即使制动设备的运作无可挑剔，但是颠簸在所难免，也许还会造成一些擦伤。因此，赶快坐到悬空的吊椅里去，它们是由橡胶和弹簧制成的，并且铺上了很好的衬垫，可以保护我们的骨骼。"

三人的心都怦怦直跳，小男孩儿一想到他的骨头可能会散架，在月亮上像骰子一样被扔来扔去，不禁打了个寒战，但他没有多少时间可以考虑这个问题。他们刚坐上橡胶吊椅，飞行器就开始着陆了！"坚持住！坚持住！"教授喊道。巨大的撞击声传来，好似要将一切撕裂。小弗朗茨的耳朵里传来凄厉的轰鸣声，只觉得浑身上下每一块骨头都在疼。一阵漆黑之后，一切都结束了——

讲到这儿，老乌拉波拉停了下来，又猛吸了一口烟；而我们这群孩子则张着嘴、悬着心，还沉浸在故事里，为月球旅行者的命运担忧不已。"孩子们，"乌拉波拉说道，"把你们的嘴都闭上吧，否则蝙蝠可要飞进去了！你们得先让我喘口气，我年纪大了，可不像你们这群平日里吵吵闹闹的捣蛋鬼，我说话都快说不利索了！"说完，他又打了两个喷嚏，塔楼里响起隆隆的回声，他的辫子又惊恐地跳了跳，故事继续。

飞行器被撞坏了，小弗朗茨一行三人躺在月球上，如果这时有人看到他们，定会以为他们已经死掉了。而事实上，他们只是因为刚才的坠落而陷入了短暂昏迷。父亲是三人中最强壮的，他第一个苏醒了过来。谢天谢地，他全身骨骼完好，检查一番后确认其他两人也都还活着。待他们一个接一个地苏醒后，父亲把他们扶了起来。除了一些碰撞伤和擦伤，倒没有其他不适。教授用急救箱很快就处理好了这些小伤口。我们的小弗朗茨确实号哭了几声，但总的来说，他表现得相当勇敢！

"我们现在是在月球上吗？"小弗朗茨仍然有点害怕，小声问道，"但这里的石头和地球上的石头一模一样，沙子也是一样的。那又是什么呢？噢，天哪！这也太神奇了吧！天上挂着太阳，同时又能看到漫天的星辰，是白天，又是黑夜！"

小男孩儿开始不停地问这问那，但却没有人回答他，就好像没有人听到他的声音一样。这时，他才意识到，他连自己的声音都听不清楚。好吧，他对自己说，一定是因为我们头上戴着厚厚的铜制头盔，所以才听不到彼此的声音。这时，教授碰了碰他的胳膊，并示意他的父亲注意。然后，他掏出了一把手枪，开了两三枪；他们可以看到火光和枪烟，但完全听不到一点枪声。小弗朗茨和父亲露出了惊讶的表情，这位博学多才的先生对他们笑了一下，掏出一本记事本，在上面写道：

"由于月球上没有空气可以把声音传递到我们耳朵里，所以我们在这里什么都听不到。在地球上，如果我们把一个电铃放在一个玻璃罩子里，再用气泵把空气吸走，那我们也就听不到它的铃声了。现在，即使有人在我们旁边发射大炮，我们也完全听不到。如果你们有任何问题，可以写下来，我会用书面形式回答你们。"

他们点点头，表示明白了。随后，父亲指了指看起来很奇怪的天空。和在地球上一样，太阳还是一颗明亮的火球，高高地悬在空中；但月球上的天空却是深黑色的，就像地球上的夜晚，能看到繁星点点。

教授点了点头，坐在一块巨石上，写道："那也是因为在月球上没有空气。在地球上，阳光照亮了空气层而产生了蓝天，其光亮遮蔽了微弱的星光。而月球上没有空气，自然在白天也可以观察到星星啦。"

这真是一个神奇的世界！小弗朗茨心想。在这里，不会听到任何噪声，也不会有音乐和歌声响起；即使有一整队士兵和马车在行进也是无声无息的；学校只会布置书面作业；争吵也只能通过信件来实现。

教授站了起来，示意同伴们跟着他走。他们面前耸立着一座高高的山峰，翻过高山便是一片广阔的平原了。教授打算爬上山峰，看一看远处的大地。周边都是光秃秃的，一片荒芜的景色；由近及远，看不到一处绿色，没有一棵树，没有一只鸟，也没有一只昆虫。这里除了裂开的岩石，什么都没有，目光所及之处，尽是深色的峡谷和宽大的岩石裂缝。大片的平原看上去更加荒凉，全都覆盖着干燥炙热的沙子。再加上了无生气的寂静和漆黑的天空，此刻的月球真是阴森恐怖。与此相比，地球是多么美丽啊！地球上有着蓝天和白云、绿草和森林、河流和海洋，还生活着成千上万的生物！风在低语，人们在歌唱，到处都充满生机！

经过短暂的徒步后，三人便站到了山顶，现在他们才真正看清了山脉的形状。此刻展现在他们面前的是一片广阔的平原。教授说，在地球上通过大型望远镜也完全可以清楚地看到这里的一切，而且专业的月球研究人员已经拍摄了高清的照片，并制作了精准的月球地图，还在地图上给所有的山脉和平原标注了名字，就像地理学家绘制地形图一样。

教授告诉他的朋友们："天文学家将这个大平原称为'雨海'（Mare Imbrium）。从前，它一定是一片辽阔的海洋，但现在它干涸了。就像没有空气一样，在这个死寂的世界也没有水。在远方的平原边缘，我们可以看到延绵起伏的大型山脉，一座座山峰正闪耀着银色的光芒，天文学家将其命名为'月球亚平宁'（Mond-Apenninen）。在平原上，你们还可以看到形状怪异的火山口，在月球这个神奇的世界里有着数以万计的火山口。你们看，它们都是由大块岩石堆砌而成的石环，有时在石环的中心还会凸起一个小山锥。"

小弗朗茨拿起记事本，在上面写道："月球上的这些火山口看起来都像空心臼齿！"教授看到后笑了，在下面写道："没错，你是对的，我的孩子，只是这些臼齿往往有五十千米那么宽。"

现在，他们三人继续向前，朝着月球的另一面走去，那里的土地被黑暗笼罩着，因为太阳照不到那里。他们走到临近黑暗的边界，从这里开始，便是背向太阳的月面了。一路走来，小弗朗茨心中一直有个疑问，为什么他在月球上行走会那么轻松，速度那么快。他捡起了一块石头，把它扔到空中玩儿，却惊讶地停下脚步！石头飞得特别高，几乎都不见了踪影，过了一会儿，才在很远的地方掉落。老教授在一旁看到了小弗朗茨扔石头,也看到了他的惊讶表情,于是便示意他观赏自己的表演——教授在一小段助跑之后,在一个小山丘前跳了起来,跳到了高高的空中,越过了像房子一样高的小山,在另一面轻轻地飘了下来。见老教授突然腾空,头发和衣角随之飘动,手舞足蹈着,父子俩忍不住哈哈大笑起来。大笑过后,他们却不禁对这种现象感到惊奇,于是他们也尝试了这种空中跳跃(如果还能这么说的话,因为月球上没有空气!)。父亲跳得比教授还要高得多;他还扔了石头,石块飞得很远,完全没了踪迹。最后,他们跑到教授身边,请他解释,为什么在月球上以他们力量所完成的壮举,在地球上连最强壮的人都无法完成,就比如说,这个小男孩儿刚刚举起了一块巨石,而这块巨石如果放在地球上,连他强壮的父亲都无法举起。这完全难不倒我们学识渊博的天文学家,他非常清楚,该如何简单地解释这一现象。

教授坐了下来,写道:"月亮要比地球小得多,一个地球相当于四十九个月亮。所以,月球对于物体的吸引力远远不如地球那样强烈,月球上的石头对我们而言也就轻得多,举起它需要花费的力气也就少得多;我们可以在这里举起更重的石头,并把它们扔得更远。由于我们在月球上的体重只占在地球上的六分之一,所以我们走起路来也就只需花费六分之一的力气,我们还能跳过比地球上高六倍的小山!看,这一切都很简单,世界上没有魔法,一切都是自然现象,当我们学会了更多的知识，那我们就可以解释更多的现象啦！"

这真是一个神奇的世界，小男孩儿心想。如果我从地球上带来一斤巧克力，到这里再称一下，即使我一口没有碰过那块巧克力，它也就只剩下六分之一斤啦！

三人继续兴致勃勃地向前走着，一直走到月亮的黑暗面。他们的身体非常轻盈，前进的速度极快，而且不会感到劳累。太阳在地平线上越沉越低，突然间，他们便陷入了无边的黑暗之中。在地球上，白天变成黑夜时，光线会逐渐减少，因为在日落之后很长一段时间内，空气还会被阳光照亮；而在月球上，没有空气，白天和黑夜之间的转换也就没有过渡。此时，只剩下几座山峰还能照到阳光，远远望去，就像覆盖着白雪一样闪闪发光。但当这些光亮也被其他高山遮挡之后，四下彻底陷入了黑暗，伸手不见五指。父亲试图点燃一根火柴，但它只是闪了一下就熄灭了，他忘记了在真空中，任何东西都是无法燃烧的。教授早已考虑到了这个问题，他在腰带上挂了一支大手电筒。于是，他打开手电筒，照亮了前路。他们就这样又走了一会儿，突然，在地平线上出现了一道亮光。他们继续前行，一个半圆形的发光体逐渐变得清晰可见，就像月亮在地球上升起时一样。徐徐升起的光盘越来越圆，最后，它和漫天繁星一起，在高山之上绽放出光芒；它是那么明亮，将周围的一切照亮，于是，教授就把手电筒关了。

他们惊奇地站在那里，仰望着月球空中升起的奇特"月亮",但这个发光的圆盘可能要比在地球上空出现的月亮大十二倍。父亲和小弗朗茨还看到,在它的表面有许多明暗交杂的斑点,这些斑点对于他们来说似乎很眼熟,就像以前在哪里见过一样。见状,天文学家拿出他的笔记本,写了几个字,两人看后不禁大吃一惊:

"这个圆盘是地球!"没错,它就是地球。曾经,小弗朗茨在学校通过地球仪观察过地球。现在,在真正的地球面前,他辨认出了陆地和海洋的轮廓,辨认出了三角形的南美洲、大西洋和白雪皑皑的南极洲。谁能想象到,月亮变成了地球,地球变成了月亮。博学的教授向他们解释说,这一切都很容易理解:从地球上看,月亮像星星一样飘浮在天空中;同样,从月亮上看,地球肯定也像星星一样飘浮在天空中,只是地球更大一些。

地球在上,三人在月球上漫步着,就像人们在月光下在地球上漫步一样。但是,望着如此遥远的地球,想起美丽的森林和田野、鲜花和鸟儿、海洋和河流以及忙碌的人们,父亲和小弗朗茨突然特别渴望能回到地球上去,回到他们带着花园的小房子里,回到母亲身边。母亲肯定日日担惊受怕地盼望着飞行器归来。小男孩儿走近他的父亲,拉起他的手,指着大地。父亲立刻理解了他的意思。他走到教授身边,把手放在他的肩膀上,提醒他是时候回到宇宙飞行器上开启归程了。

但他摇了摇头。"飞行器撞坏了,"他写道,"我们只能留在这里了！"

"我们肯定可以修好它的。"父亲写道。

"不！我们就待在这里，这里很有趣，我在月球上还要做很多研究，因为我要写一本关于月球的巨著！"天文学家回答道。

父亲非常不满，严厉地指责这个老顽固，居然把他们诱骗到这里来，还不让他们回去！教授跺着脚，永远只有一句回答："我们要留在这里！"

这位老人仿佛突然间变成了一个魔鬼，他的眼睛透过镜片闪烁着嘲弄的光芒，疯狂地挥舞着双手，威胁着父子俩，小男孩儿被吓坏了。

随后，父亲和教授瞬间扭打在了一起。他们试图抓住对方，推推搡搡间，两人到了一条岩石裂缝边。那条裂缝深不见底，阴森恐怖。这时，小男孩儿哭着跑了过来，抓住他父亲的衣服，直担心他掉下去。但为时已晚，他们就这样坠入了无底深渊，就那样一直往下坠，一直往下坠，那是一片无法穿透的黑暗……

突然，小男孩儿发觉有一只手抓住了他，而且有光……他的母亲站在床前，微笑着说：

"早上好，大懒虫！快醒醒！太阳已经高高地挂在天上了。我听到你在睡梦中尖叫，你一定是做噩梦了！肯定是昨天晚上睡得太晚了吧！大半夜还在惦记着月亮的故事！"

燕子和电报杆

"今天,"老乌拉波拉说道,"我要给你们讲一个燕子和电报杆的故事。这个故事并不有趣,但也不悲伤,如果你们不愿意听,那就不要听!就这么定了!"

在远离大城市的田野和森林中,光秃秃的电报线沿着铁路而行;当有鸟儿坐在电报线上时,层层叠叠的电报线就变成了画着音符的乐谱。电报线穿过安静的村庄,挂在高高的电报杆上。孩子们会把耳朵贴在粗粗的电报杆上,因为电报杆正哼唱着奇怪的旋律。但这旋律并不是电报杆自己的作品,是风恰巧拂过电报线,就像在竖琴上演奏一般。

电报线一路向前,越过田地,那里的谷物在阳光下发出金灿灿的光芒;穿过安静的山毛榉森林,那是一片嫩绿的海洋;它一直往前走,来到了另一个城镇,那里充满着烟火气和嘈杂的人群。

在村外金黄的田野和嫩绿森林的连接处，站立着一根电报杆，它用强壮有力的臂膀将电报线托起，并将其固定在绿色树枝的下方。一只穿着白色马甲和蓝黑色燕尾服的燕子飞了过来，落在了电报杆上，它一边晃动着小尾巴，一边啄着那个永远在唱着曲儿的木头脑袋。

"快，快和我一起走吧！"它说着，优雅地晃了晃尾巴，又用小嘴亲昵地啄了啄电报杆。

"自由的鸟儿是旅行的音乐家。"电报杆咕哝道。它并不生气，因为它喜欢那些活泼可爱的小歌手们，它们从远方而来，总会和它热情地打招呼。

"快，快和我一起走吧！"燕子又说道。它已经养成了说这句话的习惯，因为它的母亲以前也这么说，它的祖母也这么说，这就是燕子的说话方式。

"我已经在这里站了二十年了。"电报杆说道，"我无法离开，因为我是一个忠诚的人。如果电报杆也想像鸟儿一样在空中飞来飞去，听上去会很荒谬。"

"我来自遥远的地方。"燕子说道，"那里的阳光更加温暖，天空是矢车菊一样的深蓝色。那里有阳光明媚的海滩，岸边满是月桂树，深绿的树叶间还挂着金色的柠檬和橙子，人们都很快乐，弹着琵琶，唱着欢快的歌。是的，那里很美。快，快和我一起走吧！"

"是啊,"老电报杆说道,"它一定很美。可我没法亲眼看到这一切。作为一个公职人员,我必须在这里履行职责。如果我没有管理好那些电报线,让它们随心所欲、不守规矩,那么这个世界就会陷入混乱。电报线其实是很难管理的,它们就像屠夫的狗一样总爱拖着链子乱窜。我要让它们保持秩序,因为对于像我这样忠心耿耿、有权领取养老金的公职人员来说,必须要维持秩序!"

"但这样会很无聊啊!"小燕子拉了拉它的白马甲,叽叽喳喳地说着,"我会去往世界各地,听到很多新鲜的事情。如果你愿意听,我可以给你讲一讲。"

"不,"电报杆说道,"你不用告诉我那些新鲜事儿,因为它们都是通过我这里的电报线传播开来的。我可是最先听到这些新鲜事儿的人。"

"但我今天在旅途中看到的事情,你肯定还不知道。我刚从南方匆匆赶来,那里发生的事情,你是不可能知道的,老顽固!"

"小鸟儿,你的飞行速度不可能超过电报线中人类思想的传播速度!来自世界各地的信息以闪电般的速度从我身边呼啸而过。如果我们没有猎狗一样敏锐的注意力,那么在我们还没有完全明白这些信息说了些什么的时候,它们早已去到了一百英里之外了。是的,人类很聪明,信息早已被传送到很远的地方。他们不需要远行,却能够知道远处发生的一切,就好像他们亲身来到了遥远的国度和海边。而这一切都要通过我身上的那些细线来实现，人类称其为电报。在遥远的大城市里，坐着许多接收电报的人。电报线的终点是一座大房子，这座房子就是电报局。在那里，有一些奇怪的容器，这些容器会产生一种非常神奇的东西，那是一种无形的力量，温柔如清风，却又强大无比。人类称这种奇怪的力量为电。最令人称奇的是，它跑得比最狂野的暴风、飞得最快的鸟儿还快，跟闪电一样快，当然，闪电也是由电产生的。人类会利用这种奇怪的力量，将他们的想法和话语通过电报线发送出去，在电报线的另一端便可以接收并理解这些信息。人类的思想就这样在这些电报线里乘着电的羽翼呼啸而过。现在轮到你啦，你来给我讲讲旅途中的经历吧！"

"我去过南方，那里有一片阳光花园，花香满庭。在一片古树丛中，矗立着一座城堡，城堡里堆满了黄金和白银，门楣镶满了水晶玻璃。一个生病的国王住在那儿，他静静地坐在树林里的安乐椅上，脸色苍白，神情悲凉。他的周围站着一群仆人和穿着昂贵长袍的贵族。那儿是如此寂静，阳光温暖地照耀着，花儿吐露着甜蜜的芬芳，鸟儿在树梢唱着动听的歌，但国王苍白的脸颊上却流着一滴眼泪，因为他知道自己重病缠身，马上就要死了。这真是太令人伤心了，我飞过去抚摸着他，说道：'快，快和我一起走吧！'他听到了我的话，因为他微微一笑，抬起了眼睛……但后来我飞走了，我不知道他的结局。"

"但我知道,"那根老木头说道,"消息通过电报线传到了这里。在短短几秒钟之内,从遥远的南方国度到我们这寒冷的北方,国王去世的消息已经传播开来。就在太阳沉入美丽花园后方那片汪洋的夜晚,善良的国王去世了,哀悼声响彻整片大地。"

"真是太神奇了!"燕子感叹道,"我从南方日夜兼程来,而你比我更了解那里发生的事情。"

"是的,这都是电和电报的功劳。"老木头说着。任谁都可以从它的脸上看出,它为自己是一名电报员而感到无比自豪。

"我还曾飞越过阿尔卑斯山脉。"燕子说道,"你可知,那冰冷的山峰、厚厚的雪原在阳光的照耀下,简直光芒万丈!那里的山非常高,可以说是高耸入云!我看到一列火车在山脚下匍匐前进,然后发生了一件奇怪的事情,巨大的雪块从高处滚落下来,越滚越大,砸向山谷。一路上,雪块裹挟着石块和岩石碎片,山林中高大的冷杉树都被压弯了。这是一幅阴森恐怖的惨象,你可以听到山脚下的火车发出可怕的尖叫声,紧接着,大量的雪块砸向了闪闪发光的铁轨……大雪包裹住了火车,火车和车里的乘客立时陷入白色的海洋里,被埋在高高的岩壁之间。我本来想看看事情是怎么发展的,但我不得不继续前进,向北方飞去。"

"你看,"电报杆说道,"你所讲述的所有事情我都已经知道了,这件事情已经在电报线中传播很久了。今晚,城市里的人们会穿着睡衣和毡拖鞋,舒适地坐在沙发上,一边喝着茶,一边在报纸上读到这件事情,因为电报已经把它报道了出来——你在山上看到的是一场巨大的雪崩,刚刚传来的消息说,还要过很多小时,铁轨才能恢复畅通,火车才能继续行驶。附近村庄的人正拿着铲子和镐子前来帮忙,一整个营的士兵也都在与那些讨厌的雪块做斗争,只不过,他们没有用猎枪,而是用铲子。"

"是的,是的。"小燕子叽叽喳喳地说道,"自从那些光秃秃的电报线穿越世界之后,我们这些信使就没法讲述新鲜事儿了。我们必须飞去原始森林,因为那里还没有电报线,而且那里也不像无聊的城市,可以看到更多新鲜有趣的事情。"

"你听!"老木头说道,"所有的信息都在我这里以闪电般的速度来回呼啸。有好的消息,也有坏的消息,有有趣的消息,也有悲伤的消息。电报线一会儿说,一个著名的人物去世了;一分钟后,又告诉我们,在某个地方,一位母亲生下了一个孩子;一会儿又咕噜道,一艘船在海上沉没了;接着又说,一个连给孩子们买面包都买不起的穷人突然中了大奖;⋯⋯悲伤和欢乐在这里呼啸而过,穿过寂静的林间小路的人只看到光秃秃的电报线,却无法知道它们在他头上诉说着的重要事情。但现在,小鸟儿,你得继续说下去。也许你知道一些电报线无法知晓的消息。"

"我曾飞过一片黑暗的森林,一座孤独的房子矗立在其中。我在屋檐上休息了一会儿。一个坏人从黑暗的森林中蹑手蹑脚地走来,他看上去是那么阴险,斗篷下还藏着一把猎枪。他爬进一扇窗户,那小房间里只有一个女人,她坐在孩子的床边,正在等待她的丈夫——森林管理员回家。后来,我听到她恐惧的尖叫声,听到那恶棍的射击声,紧接着便是一片死寂。过了一会儿,他带着一包赃物爬出了窗户。他心虚地环顾四周,没有人看到他,很快便消失在黑暗的森林中。只有我看到了那个强盗,我飞到他身上,不停地喊叫:'快,快和我一起走吧!快,快和我一起走吧!'但他还是在密林中消失了,从我的视线中消失了,他成功逃走了。"

"不,他没有逃脱。"电报杆说道,"要不是电报线穿越了世界,他本来是可以逃脱的。森林管理员那时就在房子的不远处,他听到了枪声,急忙赶了回去,他的妻子还活着;她用微弱的声音说出了整件事情的经过以及劫匪的长相。森林管理员骑上他那辆闪闪发光的小车,风驰电掣般地前往最近的一个集镇,报告了家里所发生的一切。接着,就轮到电报员上场了:他通过电报线传输信号,讲述了整个事件,并准确地描述了罪犯和他所偷的东西。电报线以闪电般的速度将消息从一个火车站传到另一个火车站,从一个城镇传到另一个城镇,很快,每个警察都知道发生了什么事情。深夜,这个强盗在狭窄的森林小道上走了很远,想在一个小型火车站上车，逃往没有人认识他的大城市。但进站口附近站着一个人，戴着尖角头盔，留着浓密的小胡子；敏锐的眼神扫过每一个路过的人，然后将那人的外表与电报中对强盗的描述进行快速的比对。"看，鸟儿入网了！"他突然说道，因为逃犯已经进入这个小型车站。在这个可恶的逃犯还没来得及反抗的时候，就被抓获了，紧接着又被铁链锁住。原本，他想逃往大城市隐匿自己的罪行，而现在他只能作为一个囚犯，被押解着前往那座城市。要是没有电报，他早就逃之夭夭了！毕竟还有谁能在那么短的时间里将消息送到呢？"

"老人家，"燕子说道，"看来，我没有什么新鲜事儿可以跟你分享啦！因为你什么都知道！不过，我很高兴，他们抓住了那个恶棍。再见了，老顽固，将来我会去老枞树上休息，因为它不会从光秃秃的电报线中获取信息，而对它来说，我讲的事情都会是新奇而有趣的。"

小鸟就这样飞走了，远远的，我们还能听到它的叫声："快，快和我一起走吧！"

电报杆大声地发出叽里咕噜的声响。这时，一个远足的男孩儿恰巧经过——他的帽子上插着根绿色树枝，肩上背着一个书包；听到电报杆发出的奇怪声响后，他头也不抬地继续赶着路，并没有发现它的秘密。

冰 山

春日的一天，老乌拉波拉瘫坐在他的安乐椅上，辫子在高高的靠背上微微晃动，牛角框眼镜就像辆自行车似的架在他的鼻梁上，长长的烟斗里冒出缕缕白烟。

当我们去找他时，他正坐在烟雾缭绕的书房里看报纸。

"孩子们，"他说道，"你们肯定已经听说了，在大海上，一艘轮船沉没了。好几百个人和船只一起沉入了黑暗的海底。报纸上刊登了这则消息，说是一座冰山造成了这场惨剧。如果你们想听的话，我现在就来给你们讲讲冰山的故事。那是多年前发生的事情，与报纸上报道的情况类似。这是一个寒冷的故事，所以最好配上一杯热茶。快去喊一下老克里斯蒂娜，否则她又要忘记给我们端来茶水了！你们快过来，围着温暖的炉子坐下，因为我们要去遥远的北方，去到寒冷的格陵兰岛！"

你们看，北边是冰山的故乡，我今天就来给你们讲讲冰山的故事。是的，那是一片荒凉的土地，只有因纽特人、捕猎海豹和鲸的人住在那里，驯鹿会从雪下抓出它们的食物：灰绿色的苔藓；冬天还会有好几个星期看不到太阳，北方冰冷的风暴席卷了这一整片寒冷黑暗的土地，温度会下降到零下五十摄氏度。那里靠近北极，冰和雪堆积得越来越厚，近两千米厚的冰层覆盖着这片土地，偶尔，山顶会像岛屿一样探出头来。但是冰雪仍在不断堆积，后来，就连陆地都无法容纳下它了。于是，它便以非常缓慢的速度滑向海岸，那里的温度稍高，海水愤怒地咆哮着。这些巨大的冰体有好几千米宽，被称为冰川，它就是那些冰山的母亲。慢慢的，那些冰冷的晶体流向大海。几个星期来，这里一直都是极夜，太阳在地平线以下，只剩星星与这闪闪发光的冰壁交相辉映，在寒冷孤寂的北方世界上空，神秘的北极光散发着奇妙的绿色光辉。

当巨大的冰体到达海岸时，某一角突然坠落到下方波涛汹涌的海水中。陆地和海洋的交界处有着一定的高度差，此刻，冰体斜倾着，内部发出了一阵噼里啪啦的响声。它不断咆哮着，隆隆作响，紧接着，冰体上便出现了大大小小的裂缝；冰体断裂后，漂浮在海面上。一块大小相当于十个城市街区的冰块，就这样脱离了它的母体：冰川，以雷霆万钧之势撞入疯狂咆哮着的大海，它在汹涌的波浪和湍急的漩涡中疯狂起伏，激起一条高高的白色水柱。

我们的冰山就这样诞生了！

它像一座城堡，有着清晰可辨的"塔楼"、"城墙"和"堡垒"，漂浮在冰冷的海水中。慢慢的，洋流把它从海岸线上带走，一路向南，经过巴芬兰，沿着拉布拉多海岸，来到美洲北部，最后流入大西洋。

冰山越是往南漂移，离它的家越远，它就变得越温暖，越轻。终于，太阳又升起来了。那是一颗暗红色的火球，紧贴着地平线上方出现，就像是一个在水面上滚动的火轮。快看，我们的冰山！那是一幅多么美妙的景象啊！它已经变成了一座魔法城堡。从远处看，它就像一座燃烧的堡垒。火红的太阳映照在闪闪发光的冰壁上，火焰般的浪花好似从冰山内部冒出，因为巨大的裂缝贯穿了晶莹的城堡，光线折射其上，闪耀出如钻石般的绚烂虹光。

太阳越升越高，冰山一路向南，阳光也越来越暖和。慢慢的，漂浮的城堡中融出一个个深深的洞。水从各个角落和边缘不停地滴下，凝成成千上万条像橡树一样粗、像电报杆一样长的冰柱，悬挂在冰山的各个侧面。太阳的温暖已经将城堡的大门融化了，柱子、阳台、塔楼和屋檐便显露出来。正午时分，这座来自遥远北方的城堡，在蓝色的海浪上，闪烁着耀眼的白光；傍晚时分，当太阳在沉入大海时，它又闪着红光；而在月光下，冰廊中又映着绿色的光。

这座冰山像教堂一样耸立在水面上,但它水下部分的深度和广度要比教堂大十倍,只不过我们看不到而已。冰山异常沉重,这也就意味着,它有很大一部分仍然隐藏在海水之中。

但是有一天,一阵狂风吹过海面,引发了一场灾难。冰山面对太阳的那一侧,在正午时分被融化了许多,与此同时,暖流又啃食了同一侧的冰。此刻,冰山已经失去平衡,四壁越来越歪,一侧的冰基越来越多地从海浪中升起。一阵猛烈的风吹来,整个城堡轰然倒塌,冰山原本处在水下的部分浮了上来。

倾倒的冰山也把海底搅得天翻地覆。半小时后,冰山引发的巨浪漫延至远处的海面,浪花带着白沫喷向高空,汹涌的海水在冰山周围奔腾。随后,这座冰山又在洋流的推动下继续前行,沿着纽芬兰的海岸,缓慢而平静地漂浮着。

成群的海鸟在冰山顶上安家,它们拍动着闪亮的银色翅膀,尖叫着飞向远处,用锋利的喙抓住鱼后,又叼着鱼匆匆飞回。

冰山漂啊漂,过了很久,它来到了从纽芬兰驶向英格兰岛屿的航线上。

此时,一艘名叫"北极星号"的大型蒸汽船恰巧在黑暗中缓缓驶过。天空中,永恒的星星闪闪发光,海面上波涛汹涌。舵手埃本哈德站定在他的岗位上,头上戴着水手帽,羊毛开衫外套了一件防水夹克,机敏地望向前方。他嚼着烟,不停地跺着脚上那双厚厚的防水靴。

　　船长嘴里叼着烟斗，走了过来。他长长的灰色胡须在风中飘动着。"埃本哈德，"他说道，"我们现在航行的路径，正是那些该死的冰山从北方向南方漂移的路径。现在，请闭上嘴，睁大眼睛，要是突然被一座冰山撞上那么一下，我们大家的肋骨就都断了！我又派了两个好眼力的人上前望风，瞭望塔上的人也奉命在这该死的黑暗中观测。但你也一定要警觉！"

　　"我对这些冰冷的野兽有着敏感的嗅觉，船长。"老舵手说着，习惯性地把嚼烟吐向了四米开外的甲板，"我经常在这一带遇到冰山，这些该死的家伙！就算它们在黑暗中偷偷摸摸地靠近，我也会感觉得到。现在最重要的是温度计！"

　　是的，温度计是个重要的东西。在船的左右两边各挂有一个温度计，用来监测水温；两个温度计挂在驾驶舱内，监测空气的温度。这样一来，人们就可以准确地了解水和空气的温度是否在下降，从而得知，附近有没有冰山。因为巨大的冰山会散发出寒气，当它们漂浮在船只附近时，温度计可以在很远的地方就能察觉到异样。

　　"我来盯着水中的温度计。埃本哈德，你负责留意空气中的温度计。"船长说着，摇摇晃晃地走了。

　　海浪低沉地咆哮着，红色和绿色的信号灯以及白色的航行灯倒映在海面上，猎户星座出现在地平线上，银河像一条光带穿过天空。许多双眼睛正透过黑暗，盯着那些可能突然出现在船边的冰山，要知道，它们闪闪发光，有楼房那么高，破坏力极强。

慢慢的，星星蒙上了面纱，航行灯像聚光灯一样向前方投射出一道小小的光束，此刻，海面上出现一层薄薄的雾气。起初很薄，但雾气很快就变浓了。一小时后，他们就被围困在一片白色的烟雾之间，什么东西都看不清了。

雾角阴森，在孤寂的海面上远远地回荡着，以警告那些不能看到"北极星号"的来往船只，海员们也都竖起耳朵，仔细聆听，看看是否有同样的声音从远处传来。

奥尔·埃本哈德咬牙切齿地咆哮着，不停地往嘴里扔着嚼烟。雾气顺着他的防水外套滴下水来，他的胡子也湿了。这时，船长又走了过来。

"真是糟糕透了，埃本哈德。"他骂道，"这个时候起雾，总是令人生疑，因为那些可恶的冰山总是先冷却空气来制造雾气。我敢打赌，周围一定有冰山，但我们怎么能透过这些浓雾看清它们的位置呢？现在，我们只能依靠温度计了。"

"没错。"舵手说道，"据说，在纽芬兰海滩附近常有这些恶魔出没。这个时候，就需要一条杜伯尔犬了。当然，我的鼻子也能闻到野兽的气息，不过现在我还什么也没闻到！"

"如果我们能熬过这个夜晚，老家伙，"船长说道，"明天早上我们就会逃离危险地带了。毕竟一到白天，所有的危险都会减半。现在，我要去看看温度计了！"

说完，他消失在浓雾中。

半个小时后，奥尔·埃本哈德的声音突然在黑暗中响起："船长，我闻到了一股味道。寒冷的气息正在从左舷飘来，是冰的味道。"

"天啊，"船长惊叫道，"不会吧？我看到温度计确实好像下降了半度，但只是下降了半度，你不能以此作为冰山就在附近的判断依据！"

"确实是冰山的味道，船长，我可以闻得出来，那就是冰的味道！"

船长又来到了水中的温度计旁。过了一会儿，他匆匆忙忙地回来了。"埃本哈德！温度计正在下降！"他大叫道。

"是啊，空气温度计也在下降。见鬼了！现在，我们真的在那个凶狠的野兽边上！"

"是的，冰山可能就在附近，它会从哪个方向朝我们漂来呢？它是在我们前面，后面，还是在左舷方向？我们是不是已经经过它了，还是在靠近它？它离我们很近，还是很远？我们全都不知道！我们不知道该往哪个方向走！"

船长的脸上流露出忧虑的神色，他是对整艘船上的货物、乘客和船员负责的人。一个危险的敌人就在"北极星号"附近，世界上任何航海技术都无法抵御它，因为人们不知道冰山的位置，任何技术都无用武之地。无论做什么，总是有可能会撞上那个水晶巨人！

"船长,"舵手说道,"我们必须接受这个事实,因为我们无法与之对抗。也许在冰山向我们撞来的最后时刻,我们能够幸运地逃过灾难。听天由命吧!"

船长匆匆离去。他把船员召集到一起,下达了在与漂浮的敌人相撞时如何进行救援的指示,并下令将航行速度减慢,以减少撞击产生的冲击力。但这是他唯一能做的。所有的人都齐齐向黑暗深处望去。

现在,船里安静得令人毛骨悚然。远处隐隐约约地传来一声沉闷的雾角。海浪在船舷边轻轻地涌动,"北极星号"仍在缓慢地漂流,对其冰冷的敌人时刻保持着警惕。他们还没看见冰山的踪影,敌人仍然隐藏在未知的某处。

突然,前方隐约出现了一堵灰白的高墙,在船上灯光的照耀下若隐若现。它就像是一个幽灵,一下子冒了出来。它有着奇怪的外形,在那高高的、漩涡状的尖塔上浮动着冰冷的飘带。这是一个巨人般高大的怪物,它就这样在浓雾中现身了。这就是冰山!

一阵冷风吹过。所有人都打了个寒战。

大家都只愣了一会儿,便开始分头工作了。船舵转向远离冰山的方向,螺旋桨全速向后退去,所有的工作都是为了避免与这个怪物发生碰撞。这艘船慢慢地停止了前行。"北极星号"和冰山似乎像两条咬人的狗一样胶着在一起,相互绕着走。紧接着,船底传来"噼里啪啦"破裂声和"吱吱嘎嘎"

的响声。原来,"北极星号"的龙骨已经撞上了冰山的水下冰基,好在船的航行速度已经减慢,碰撞对船只造成的伤害还不致命。现在,冰山闪闪发光的冰墙与船身近在咫尺,上面可以映照出左舷红色的灯光,如同一团跳跃的火焰。"北极星号"在触碰到冰山巨人的水晶底座时颤抖了一下,微微侧倾,舵手随即便调整了方向,引擎忽而将船只推向前,忽而推向后;终于,龙骨从碎裂的冰面上滑了下来。船只逐渐向着远离冰山的方向漂移,一开始非常缓慢,但后来速度越来越快。

终于,在航行灯的灯光照耀下,闪闪发光的城堡幽灵般地紧贴着"北极星号"离去了,现在的冰墙反射着右舷灯的绿光,慢慢的,这个危险的敌人消失了,它继续向南漂去,只在浓雾中留下了一个苍白的影子。

"这简直就是一会儿天堂、一会儿地狱!"舵手埃本哈德大喊道,"真是太危险了!我可再也不想经历一遍了!"

他嘴里的嚼烟不见了,忐忑不安地摇了摇满头灰发的脑袋,因为二十年来他几乎没有碰到过类似的事情。经历了这一事件,他更加肯定,遇见冰山是一件极为刺激的事情;在他的眼睛看到冰山之前,鼻子已经先闻到了它的味道!

"是的,奥尔·埃本哈德。"船长说道,"我们躲过了冰山,但只差一根头发丝的距离,那个可恶的北方恶魔差点就把我们的'北极星号'像空易拉罐一样压扁!"他喊道,"伙计们,我们喝杯好酒庆祝一下吧!我去拿酒!"

"北极星号"再次起航,向东驶向欧洲大陆。

此刻,冰山慢慢地朝着越来越温暖的地方漂去。太阳以越来越高涨的热情吞噬着它,海水以越来越高的温度抚摸着它,融化着它。它每时每刻都有可能失去平衡,在浪涛中倾覆。不知什么时候,冰山高耸的尖顶融化了,墙壁崩塌了,冰柱像燃烧的蜡烛一样挂满了滴落的烛泪。现在,它变得又小又难看。

又过了很久,冰雪之子终于从遥远的北方漂到了非洲海岸附近,当摩洛哥的棕榈树丛映入海面时,最后一片薄冰在温暖的海浪中融化了,冰山彻底不见了。

胸针

无论春夏秋冬,老乌拉波拉的细细脖子上都戴着一条彩色的小丝巾,上面别着一枚大胸针。这是一枚奇怪的胸针,不是金子做的,也不是银子做的,也没有镶宝石或珍珠,然而它一定价值不菲,因为有一次,这个奇怪的老头儿曾翻箱倒柜地寻找它,生怕它遗失。胸针上镶着一块难看的黑色石头,表面非常粗糙,樱桃核一般大。我们这些孩子常盯着它看,因为我们怀疑它有什么特殊的意义;我们一致认为,这块石头背后一定隐藏着一个有趣的故事,总有一天,这位好心的老人会告诉我们的。

有一天,我们又来找老乌拉波拉讲故事了,还把他丢失的胸针也带了来。"乌拉波拉!"大家七嘴八舌地喊道,"胸针就掉在你的花园里,窗户前面。刚巧有一只青蛙在那儿跳出来,我们就看到胸针了。你现在要告诉我们,为什么这枚难看的石头胸针对你来说那么珍贵。这肯定是个令人难忘的故事！"

老人听后笑了，猛吸了一大口烟后，说道："你们这群淘气鬼，我还以为是你们把这胸针藏起来了，等过段时间再还回来以骗取我的故事。不过这并不重要，既然胸针找回来了，你们就会得到奖励。虽然胸针上的石头看来很不起眼，但它的故事要比那些荒诞离奇的故事更加有趣。这块小石头来自非常遥远的地方，不是地底，也不是海底，不在高山上，更不是人工制造的，事实上，它根本就不是地球上的东西。它曾经比月球和一些星星离我们更远，在宇宙中漂泊了几千年，是从外太空来到我们身边的。这块小石头其貌不扬，它的来历你们完全没看出来吧？！那么现在可要听好了，我来给你们讲一讲它的历史以及与它有关的故事。"

老头儿在椅子上正了正身体，把长烟斗点燃，便开始讲今天的故事了。

那是1690年的一个夜晚。小镇安静地沉睡着，只有钟楼看守人还未入眠，他坐在古老教堂的塔楼上，时刻关注着是否发生火灾或其他灾情。这个老人望向冬季的夜空，成千上万颗星星在苍穹中闪闪发光，他几乎认识所有的星星。多年来，他一直孤独地坐在高处，为人们和这个小镇操着心。

突然，老人看到空中有一朵泛着微光的薄云，这是他以前从未见过的。第二天，那朵小云又出现了。一周后，它变得更大更亮了,形状也变了。老人这才看清,那是一颗正在慢慢靠近地球的彗星。

在遥远的天空中,从那发着光的云朵里升起了一颗奇妙的星星,它闪闪发光,比其他的星星都要亮,身后还拖着一条同样发着光的神奇尾巴。彗星变得越来越大,越来越接近地球;它的尾巴像一条松鼠的尾巴,横扫了整个夜空。多么奇妙的光影啊!

夜幕降临时,成千上万的人都在街道上站着,或在城外徘徊,一齐观赏那颗奇妙的星星。没有人在星空中看到过如此稀奇的东西。它好似一颗众星之王,因为在它的光芒映衬下,别的星星都显得暗淡无光。

小巷里、街角边,人们纷纷窃窃私语,焦急不已。这样一个奇怪的、前所未有的天象,像极了一把着了火的扫帚,这到底意味着什么呢?

这颗彗星变得更加璀璨,耀眼的尾巴越来越大,人们惊恐地站在街上望向它。

这时,一个修道士从远方来到城里。他光着头,脸色苍白严肃,一双黑色的眼睛闪动着阴郁的光。他穿了一件灰色的麻质长袍,穿过大街小巷。当夜幕降临,人们又跑出去看那颗奇妙的星星时,修道士站在城门口的大石块上,高举双手,指向彗星的位置,它依旧闪耀着神奇的光彩。

"生活在此的兄弟姐妹们!"他开口道,"天空中那颗闪耀着可怕光芒的星星,你们看到了吗?愤怒的天神正举着火棍警告你们,你们看到了吗?天神是在警告你们,要对你们所犯的罪孽进行公正的惩罚。你们可曾偷窃其他人财物?商人可曾欺骗顾客、伪造商品?在这安静的街道上可曾发生过谋杀和叛乱?有谁在邻居有需要的时候提供帮助了?又有谁像律法所规定的那样,尊敬父母?你们在亵渎神灵的傲慢中抛弃了旧神。正是因为你们不明白天神的良善,现在他带着天火来找你们了!他派出最可怕的彗星来到地球,给你们带来瘟疫和饥荒、战争和杀戮、大火和世界末日。世界末日已经到来,在这一天,所有罪孽深重的人都会受遭到报应。请你们做好准备,接受审判。再过几天,这颗彗星就会带着火焰和灾难降临地球。"

彗星的光芒幽幽地照在修道士的脸上;他脸色苍白,就像一个从远方而来的不知名的复仇者。他将手臂伸向天空,向人们发出警告,灰色的忏悔长袍随风飘动。后来,他像来时一样无声无息地消失了。在很长一段时间里,他严肃的身影、苍白的脸庞和警示的眼神都留在了人们的记忆中,甚至几十年后,还有很多人记得他说过的话。

在接下来的日子里,许多的人完全失去了理智。他们说:"世界末日已经到来,悔改已经来不及,我们必将面临死亡和毁灭。那我们为什么还要忧愁和受苦呢?彗星会带我们所有人离开,无论是好人还是坏人,让我们在这最后日子里好好狂欢一下。我们为什么还要干活和受累呢？世界末日已经到了！"

他们扔下了锤子和铲子，针线和尺子，斧子和铁锹，开始夜以继日地大吃大喝。到处都是长笛、风笛和小提琴的演奏声，人们不停地跳着舞，直到跳不动了倒在地上。虔诚的人们试图阻止他们，于是在狭窄的街道上便发生了血腥的争斗。城市守卫拿起武器进行干预，舞曲和管风琴曲、祈祷和诅咒以及打斗者的呼喊声穿透了夜晚的寂静，而彗星则在头顶的星空继续闪耀着奇妙的光彩。

那真是一段可怕可怖的时光，没有人知道它会以何种方式结束。于是，国家便召开了选帝侯①的高级会议，讨论如何解决国内正在发生的巨大动乱，人民深陷痛苦、恐惧和无序之中。选帝侯还请来了博学的学者和教授，希望他们能找到避免灾祸和安抚民众的方法。

此外，选帝侯还召集了国内著名的天文学家，就这颗彗星是否真的会降临地球并摧毁一切发表意见。

"不会的，"天文学家说道，"绝不会发生这种情况。那个修道士只是想吓唬一下身有罪孽的人，引导他们回到美德和敬畏之路，这也没什么不对。"

"可是明天彗星就有可能与地球相撞，把一切都砸成废墟、烧成灰烬。"有些人反驳道。

---

① 德国历史上一种特殊现象，指代拥有选举"罗马人的皇帝"权利的诸侯。

"不会的，"天文学家叫道，"它与地球的距离，比月球还要远十倍。现在，彗星还在慢慢地远离地球。很快，它就会变得越来越小，颜色也会越来越淡。最终，它将消失在星空中。"

"那这个奇妙的天外来客从哪里来，又到哪里呢？"选帝侯和顾问官询问道。

"你们看，"天文学家们回答说，"这颗彗星已经绕着太阳转了好几个世纪了。每隔一百五十年，彗星就会回来拜访一次，这时它也必定会经过地球。一百五十年前，它就来过，那时的人们也相信世界末日即将到来。但直到今天，世界仍然好好的。只要看看历史书，你们就能找到这颗彗星。"

选帝侯差人找来了所有古老的编年史和历史书，果然发现天文学家所言不虚。"但请告诉我们，"他命令道，"这颗奇怪的彗星到底是一颗怎么样的星星，它是否会伤害我们呢？"

"尊敬的选帝侯，"天文学家说，"彗星其实是一团小石子，还没豌豆大，当然也有一些像马车的车轮一样大，它们聚在一起，厚度可达数千米。当这团石子接近太阳时，就会变得非常炽热，形成发光的气体，在这团石子后面还会拖曳而出一条奇妙的闪亮尾巴，就像煤炭燃烧时飘出的烟一样。当彗星再次远离太阳时，它又逐渐冷却下来，也不再发光了，美丽的尾巴也就消失了！"

"我真高兴听到这个消息！"选帝侯说，"那么现在我该去安抚我们的臣民啦。大家很快就能知道，你们说得对不对。

我年复一年地付给你们薪俸，让你们研究星星，就是为了在遇到像今天这样的情况时，能起到些作用。但如果你们的判断不实，就要接受审判。现在，你们可以走了！"

听后，天文学家深深鞠了一躬，离开了选帝侯宫殿。选帝侯命人在所有城镇张贴了天文学家关于彗星的呈报，并责令大家重新按部就班地生活，勤奋地工作。如果还有人在肆意跳舞、吹笛、偷窃和挥霍，那么警察将会严惩他们。是的，针对以上几项罪名，选帝侯都会进行严厉的惩罚！

因此，为着这颗闪亮的彗星，不少人都受到了惩戒，这也是这颗彗星造成的唯一不幸。慢慢的，它变得越来越小，越来越苍白，最后，人们看到它变成一朵小小的云彩，消失在星空之中，就像钟楼看守人初次见到它时一样。

于是，选帝侯、顾问官以及所有人都意识到，天文学家是对的。"很好。"选帝侯说道，"作为奖励，我将为你们建造一个更大的望远镜，这样一来你们就可以更清楚地观察星星了。"

选帝侯说到做到，因为他是一个严厉而公正的统治者。

彗星按照其轨迹继续前行，丝毫没有受到地球的影响。它全然不知，人类会因为它的出现而如此担惊受怕。在冰冷的宇宙空间里，它呼啸着远离太阳和地球，速度比最快的鸟还要快上一千倍。即使用大型望远镜，地球上的天文学家也无法再捕捉到它的踪迹，因为它现在距离我们比月球还要远上好几千倍。

许多年过去了，彗星在遥远的地方经过了另一个星球，它可能比地球大几百倍，上面也有生命存在。是啊，如果我们也可以像彗星一样在星空中飞翔，那该多好啊！这样一来，我们就可以看到先前人类永远无法看到的东西了！彗星曾徘徊在月球附近，望向深邃的火山口，并在四周寻觅，想知道是否在某个地方存在着生命，但在月球的世界里，它只看到高高的岩壁上折射出太阳的光辉，没有任何生命的迹象。后来，这个宇宙流浪者又飞向太阳，看到了沸腾的火海，正不断地喷射出上万米高的火焰喷泉。接着，彗星好奇地望向地球，看到北极熊正在北极的冰雪荒漠上爬行，看到穿着白色长袍的贝都因人①骑着马儿穿越炎热的非洲沙漠，看到地球在自转中昼夜交替，看到田地和海洋在阳光下闪闪发光。一路远行，彗星还遇到了其他的星球，它们都像网球一样圆，围绕着火热的太阳旋转。总之，它看见了大大小小的、各式各样的星球，在其中一些星球上生活着形状怪异的人类，而在另一些星球上，生物已经灭绝，甚至还未曾出现生命，因为那里非常炎热，人住在上面就像鱼儿挣扎在沸腾的水中一样。

是啊，当彗星在星空中漫步时，它可以看到那么多神奇的景象！

---

① 阿拉伯游牧民族。

又过了很多年，彗星遇到了另一颗比我们大几百倍的星球。那是一颗强大的星球，云层都环绕着它，许多个月亮都在围着它跳舞。

这颗彗星是个好奇的家伙，它慢慢贴近那个庞然大物，几乎碰到了它的云环。但这种行为实际上对它来说异常危险！

"你好！"彗星一边喊道，一边冲向那个大家伙。

"别挡着我的路，捣蛋鬼！否则会引发灾难的！"那个大家伙吼道。

可是已经太晚了！它们撞在了一起，火花飞溅。因为那颗巨型星球更加坚硬，所以彗星输得很惨。它被撕裂成无数碎石块，如云雾一般地在宇宙空间里东一块西一块地飘荡。彗星失去了往日的光辉，再也不能像个熠熠生辉的王子一样出现在地球的上空，引发世人的钦佩与惊奇，恐惧与害怕。

一百五十年后，又到了彗星结束它遥远的旅程、飞回太阳身边的日子，天文学家都在寻找它的踪迹。他们将更为精密的镜片装到了大型望远镜上，但他们再搜寻不到彗星的任何行迹了。天文学家说道："曾经，这颗彗星非常巨大，几乎引发了所有人的死亡恐惧。大家都相信，它能毁灭地球，而今，这颗彗星却不见了！"他们不知道，这颗彗星在路上遭遇了不幸，它生病了，身体虚弱，只能像趿拉着毡鞋一般在星空中踱着步。

在一个又一个寒冷的冬夜，天文学家坐在望远镜前凝望，鼻子都冻得青紫了。"它确实消失了,"天文学家做出最后的判断,"按照规律,后天它应该距离地球最近,几乎快要触碰到地面了。可现在看来,它似乎不会再回来了!"

孩子们,那个时候,你们的老乌拉波拉还是一个少年,也正抬着头,仰望天空,寻找那颗大名鼎鼎的彗星。在彗星距离地球最近的那一天,他就来到了空地上看星星。那是一个寒冷的冬日夜晚,小星星像钻石的碎片一样在晴朗的夜空中闪烁着。午夜时分,天空中突然飞来了许多流星。刚开始是零星几颗,紧接着,超级流星雨爆发了,一连好几个小时,几千颗星星划过天际!"快看啊,快看啊!"天文学家喊道,"彗星终于来了!天啊,它怎么会变成了现在这个样子了呢?彗星已经碎裂成了无数小碎片。"只见四散而下的一颗颗小石块和一朵朵尘埃云呼啸着穿过地球的大气层,因摩擦生热而被引燃,火光迸射而出,飞溅开来。是的,它就像绚丽的烟花,是天神的馈赠,每个人都可以观赏。

偶尔,人们也会看到比较大个儿的石头,它们就像火箭一样,在高空中发出绿色和红色的光芒。你们看,那边落下了一颗非常大的石头。它在空中爆裂,一阵噼里啪啦的声响过后,迸发出无数闪亮的火花;紧接着,只听砰的一声,它又如子弹般呼啸而过;最后,"咣当"一声,它击中了一棵路边的老树。我们立马跑了过去,看到树下厚实的雪里躺着几块小石子,这些小石子就是从彗星变成的流星中分裂而出的。

我们把这些石头拾起,带回家作为纪念。

就这样,我把带回家的那颗小石子镶嵌在了胸针上。你们看,就是这一颗!它是一颗富有传奇经历的小石子。它是几百年前曾令人们恐惧的那颗可怕的彗星的碎片。它曾在星空中四处游荡,拜访过月亮和太阳,看到过其他星球的景色,最后从高空坠落地球表面。是的,它有一段传奇的经历,是世界上其他石头所没有的经历!

"乌拉波拉,"孩子们说道,"你没有在哄骗我们吧?彗星真的是由这种石头构成的吗?"

"你们这群捣蛋鬼!"老人生气地说道,"乌拉波拉什么时候说过假话?去博物馆看看吧,在那儿,你们也能找到这种从天而降的彗星石头。如果你们在夜晚仰望星空,也会时不时地看到这样的小石子像流星一样划过,它们就像是睡过头要迟到的小学生,散落在彗星云后。好了,你们可以回家了!胸针的故事讲完了!"

死亡之瓶

老乌拉波拉坐在收藏柜前,翻找着旧时的记忆。忠诚的老克里斯蒂娜把带着绿色灯罩的台灯拿进房间,孩子们也蹑手蹑脚地跟了进来,但那个奇怪的老头儿仍坐在他的收藏柜前,一言不发,陷入沉思。

他手里拿着一个形状怪异的玻璃瓶,它用一个木塞塞着,上面裹着厚厚的棉絮,又封上了一层厚厚的黑色火漆,就像戴了一顶棉帽子;瓶肚圆鼓鼓,瓶颈细长,瓶子里放着一张字条,用墨水写满了拉丁文;黏稠的淡黄色液体像凝固的胶水,充满了容器。一张画在黑纸上的白色骷髅头,周边围绕三个十字架,像封条一样贴在瓶颈处。瓶子放在一个铁盒子里,外面还挂了几把精致的锁,以免被无故打开,外面还贴着一张发黄的字条,上面写着一行小字——班加罗尔,那些恐怖的日子,格雷夫斯格雷夫医生。

"乌拉波拉,"孩子们耐心等待了一会儿后开口问道,"那个奇怪的瓶子里装着什么?你都盯着它看了那么久了!"

这时,老人方才像从梦中醒来一般。他用手抚摸着额头,说道:"孩子们,我的思绪飘到了很远的地方,没有发觉你们进来。先让我把瓶子锁好,你们不要碰它!"

只见他轻轻地把玻璃瓶放回铁盒,小心翼翼地上了三把锁,又仔细地锁上了收藏柜,方才伸手去拿他的烟斗。

"瓶子里是什么东西?"孩子们问道。

老乌拉波拉不安地盯着他们看了很久,严肃地说道:"死亡!"

这两个字听起来是如此惊悚神秘,孩子们认定这两个字眼背后隐藏着一个凄美的故事。于是,他们缠着这位博学的老人问了无数个问题,直到他暴躁地命令大伙安静下来,然后窝在他的扶手椅中,准备开始讲"死亡之瓶"的故事。

"安静!"他说道,"这是个很长的故事,如果你们不集中注意力,就无法理解它,因为这个不幸的故事牵扯到很高深的学问。"

于是,我们马上安静地坐到了老人周围,乌拉波拉的故事开始了——

我有一个发小儿,他的名字叫格雷夫斯格雷夫,他比我们所有人加起来都聪明。长大后,他前往多所大学进修,学习如何对抗瘟疫、霍乱、天花及其他邪恶的疾病,这些疾病像可怕的恶魔,可以瞬间席卷地球,使整个城市、整个国家濒临毁灭。

一天,他在英国听说:在遥远的印度,一场可怕的瘟疫正在肆虐,已有数十万人死于这场瘟疫。没有人知道它是因何而来,也没有人知道该如何治愈它。它的蔓延速度就像盛夏时节席卷干枯松林的大火,从一棵树延伸到另一棵树,只有当整片森林都被烧焦时才会熄火;在许多别的地区,疾病也是在没有人可以再被传染的情况下才会消失。

欧洲派了最著名的医生前往印度,可是他们也无能为力,甚至不得不在这场殊死搏斗中努力拯救自己。印度人只是向神明祈祷,认为这一切都是神的意愿,人类无法抵抗它。

但死亡仍在继续。

格雷夫斯格雷夫医生听说了这些事情之后,执意前往印度,因为他想要去研究和驱逐疫病。于是,他踏上了漫长而激动的旅程,终于在印度海岸登陆。他英勇无畏地穿梭在那些瘟疫肆虐的城镇和乡村,马不停蹄地研究着健康人如何在几个小时内生病并死亡,神秘的疾病如何像灌木丛后的强盗一样突然扑倒他们,而人们却连它是怎么来的、又为何而来都没有丝毫头绪。

格雷夫斯格雷夫医生日复一日地思索着。他不断地检查活人和死人,健康人和病人,却无法揭开疾病的谜底。但他没有灰心丧气,而像勇敢的士兵一样,一次又一次地投入与神秘刽子手的战斗中,而他自己也奇迹般地逃脱了疾病和死亡。某天,他端坐在书房里,抽着烟斗,不禁沉思:到目前为止,他所有的工作都没有取得成功,每天仍然有成千上万的人死去。他突然想到,也许可以在病人的血液中发现那个无形的敌人。于是,他拿来了最好的显微镜,一架可以将物体放大三千倍的仪器;还叫来了年轻的仆人。仆人的身体非常健康,医生用一根小针在他的手臂上轻轻刺了一下,取了一小滴血,放到了显微镜下。

你们曾在显微镜下观察过血滴吗?它看起来非常奇怪,是一种浅色的液体,里面漂浮着数以百万计的淡黄色圆片,就像小盘子一样,那就是红细胞。在一滴小小的血液中约有五千万个这样的小圆盘,几十亿个小圆盘在我们的静脉中不断循环,就像水在成千上万的城市水管中流动一样。血滴中还有其他小圆盘,它们是白色的,且数量比红细胞少得多。它们就是血管中的警察。如果有任何想破坏红细胞的邪恶敌人渗透进血液中,白细胞就会冲向它并努力将其消灭。是的,我们体内的血管就像一座巨型城市,里面充满了奇妙的生命,它们熙熙攘攘地穿行其间,好不热闹。一旦这数以千万计的红细胞生病甚至死亡,我们也就完蛋了;如果我们体内这座城市中的小生命死亡了,我们也会随之消失。

博学的格雷夫斯格雷夫医生通过显微镜上那片神奇的玻

璃，观察着仆人的血液——里面红色和白色的细胞都充满了活力。

第二天一早，一个可怜的病人找到格雷夫斯格雷夫医生，他棕色皮肤，躺在垫子上，喃喃地祈祷着，病得很重。神秘的疾病在夜里袭击了他。医生站在他身旁，却无力帮助。但他突然心生一个主意，只见他又拿起了一根针，从病人的手臂上刺了一滴血，并再次放到显微镜下观察。是的，这是一个很好的想法，因为现在他有了一个重要的发现。他看到了在昨天的血滴中不存在的微生物，正在来回穿梭。医生可以非常清晰地看到，它们是如何攻击并吞噬红细胞的。他还看到了白细胞，即那群静脉警察，正在向贪婪的掠食者投掷自己的身体，它们杀死了许多掠食者，但白细胞无法应付数量庞大的掠食者，越来越多的红色圆盘正在被吞噬……在那一滴血里正在进行一场激烈的战斗，而在这个年轻的印度人的血管里，一定正在上演一场更加激烈的战斗！

"我看到了！"医生突然叫道，"我发现了神秘的疾病！我亲眼看到了它。它在病人的血液中游走，是一个贪婪的掠食者，正在破坏和消灭生命之液。在病人的静脉中，一支巨大的掠食者军队正在与白细胞保卫队进行殊死一战。掠食者战胜了保卫队，杀死了红色的生命体，病人必死无疑！"

随后，格雷夫斯格雷夫医生转而变得沉默又悲伤。"可是，"他感叹道，"这对我有什么用，对病人又有什么用！虽然,我现在知道了他们为什么必死无疑,但我还是无法帮助他们!能治好他们才是关键!是的,如果我知道这支掠食者大军,这些奇怪的微生物是如何进入血液,进入人们的血管的,那么我也许可以帮助他们。但是,我永远都不会知道!"

他又下楼去找那个躺在垫子上奄奄一息的年轻印度人。他拿来一块湿毛巾,放在他滚烫的额头上,喂他喝凉水,但他几乎没有任何起色。在他的血管里,一场战斗即将结束。

格雷夫斯格雷夫医生悲伤地看着他。一只绿色的小苍蝇停在病人棕色的胸口上,转瞬就又飞走了,在医生的手边嗡嗡乱叫,想要找地方落下休息。医生恼怒不已,他无法容忍一只刚刚停留在一个垂死病人身上的苍蝇在自己身边盘旋,所以赶走了它。但在这过程中,一个想法突然闪现在他的脑海。如果这种咬人的苍蝇,先飞到了一个病人身上,把它的小刺针扎入血液中,吸食血液,后又飞到一个健康人的身上,再把它的刺针扎入血管中,吸食血液,那会发生什么呢?它会不会以这种方式将微生物,即那群危险的掠食者,带入健康人的血管中呢?

医生突然像着了魔一样在房间里跳来跳去,他手拿帽子,追捕着那只咬人的绿蝇,并终于抓住了它。紧接着,医生冲进书房,用精细的镊子、小针和小刀解剖了苍蝇的口器和身体,并用显微镜仔细地进行观察。首先,他观察了那根被放大了许多倍的刺针,它在显微镜下看起来就像根抽水管,上面覆盖着成千上万根尖锐的细毛。医生还看到，在这些细毛上还挂着苍蝇叮咬过的病人的残存血液，里面有破碎的红细胞和很多微生物，即那些静脉中的掠食者，它们还活着！如果那只咬人的小绿蝇把刺针扎进他的肉里，那么疾病也会袭击他，绿蝇携带的病人血液中的那些掠食者就会冲进他的血管，然后它们的数量就会以惊人的速度增长，几天内就能杀死他。看来，绿蝇就是那些看不见的瘟疫宿主的盟友，如果人们能保护好自己，不被绿蝇叮咬，那么就能保持健康。

这就是格雷夫斯格雷夫医生的伟大发现。于是，他以最快的速度赶到印度首都，把这一切都告诉了王公贵族，也就是那些治理国家的人，并通过他的显微镜向他们展示了自己所看到的血液掠食者和绿蝇。这位学识渊博的医生终于找到了驱逐印度瘟疫的方法，将数百万人从死亡中拯救出来，也因此名声大噪。接着，印度人民便展开了一场轰轰烈烈的绿蝇歼灭战，上自老人，下至孩童，全都参与其中。人们利用烈火和毒药来追捕它，把它在河边沼泽低处的繁殖地、高高的芦苇丛中的生活地，通过砍伐或烟熏的方式一网打尽。如果有人不幸生病了，就会被安置在一个房间里，用厚厚的铁丝网将窗户封闭起来，连只蚂蚁都进不来，更不要说是苍蝇了。然后，瘟疫就开始慢慢地消亡了，被打败的恶魔悻悻地退到了沼泽荒地上，那里还存活着少数绿蝇，但极少有人踏足。

格雷夫斯格雷夫医生也因此得到了丰厚的回报。印度皇后任命他为首席医生,并为他建造了一台显微镜——比他带来的那台还要大,还要贵重。各地的名人都带着珍贵的礼物前来拜访他,有的上面还镶满了宝石。

对格雷夫斯格雷夫医生来说,那真是一段愉快的时光。但好景不长,后来发生的一件事,又还予了他无情的一击。那时候,医生居住在印度的班加罗尔。他在城外租了一栋乡间小屋,周边是美丽的花园。那里宁静安谧,树木绿意盎然,繁花缤纷绽放,鸟儿叽叽喳喳。谁能想到,残忍的死神正准备向博学的格雷夫斯格雷夫医生展开报复,因为医生曾从它手中抢走了那么多的生命。

事情就这样开始了。你们知道吗?无所不能的死神有时会失去耐心,因而会通过战争、地震和大规模的传染病,在短时间内带走无数条生命,其中一种疾病就是霍乱。早年间,霍乱曾侵袭了许多国家,近千年来尤其困扰着印度。成千上万的微生物,即杆菌,会侵入人类的身体,带来霍乱与死亡。

"这一次,我还是会找到救治方法的。"格雷夫斯格雷夫医生说道,"一种能驱散并杀死体内庞大掠食者大军的救治方法。我将夜以继日地工作,直到找到这种方法,因为我是格雷夫斯格雷夫医生,一位与死神战斗的医生。"

于是,他来到了一个遥远的地方,那里有几个人感染了这种可怕的疾病,正卧病在床。他们被关在低矮的房子里,外面围着高高的栅栏,远离人群,以免传染给更多的人。医生随身携带了两个和我收藏柜里一样的瓶子，里面装有一种液体，小恶魔能够在这种液体中继续生存。他非常谨慎地用针尖取了少量杆菌放进瓶子，又非常谨慎地封好瓶子，并把它们装在铁盒子里，带回了班加罗尔的书房。在此期间，医生从来不让这两个瓶子离开他的视线。瓶子里，危险的杆菌恶魔正以疯狂的速度繁殖，从几十万个变成几百万个、几十亿个、几千亿个。如果医生用针尖蘸取一小滴液体，放到神奇的显微镜下，那么他就会看到，这滴液体里密密麻麻地挤满了杆菌，外形就像一个个逗号。

医生尝试了能想到的各种药方，分别将药滴进杆菌群，看看能不能将这些恶魔杀死。在这个过程中，医生必须非常谨慎，哪怕只一个蘸取过一小滴死亡液体的针头被他粗心大意地扔掉，也会引发大祸——只要有人捡起它，小恶魔就会附着在他的手上，进入他的身体里疯狂繁殖，那时，他将必死无疑，并感染周围的每个人，继而引发大规模的死亡。所以，医生谨慎地把活跃着无数致死杆菌的瓶子藏在铁盒里，并始终把铁盒的钥匙挂在脖子上。

医生有一个本地仆人，名字叫辛加。他长得又高又瘦，干瘪的脸上颧骨很高，深色的眼睛炯炯有神，下巴处还留着灰色的短须。他戴着头巾，穿着棕色的长袍，由于他太瘦了，衣服像是挂在身上一般直晃荡。谁能想到，这个仆人的内心对外国人怀有强烈的敌意，因为那群外国人从遥远的欧洲来到这里，并统治了这片他的祖先世世代代生活的土地，他们还信仰着另一个神明。是的，他憎恨他们，于是加入了一个遍布全国的秘密组织，希望有朝一日能够将那群外国人赶离自己的家乡。

辛加年纪大了，又迫于谋生，所以他别无选择，只能来到医生这里为他服务。在他眼中，这个外国主人成天捣鼓着神秘的仪器和镜片，做着奇怪的工作；人很好，和他一起生活没什么问题，但终有一天，这群侵略者必须要离开，离开这片神圣的土地。

"辛加，"有一天，这个外国人对他说道，"永远不要碰这些瓶子！如果我突然死了，就拿上这两个铁盒子，在地上挖一个深坑，把它们埋起来，千万不能让人找到它们。死亡就在这些瓶子里。只要在饮用水中滴上几滴瓶子里的液体，就会让很多人毙命。"

辛加听到了这句话后默默地点了点头，但在他那充满憎恨的心中却掠过了一个邪恶的念头。如果格雷夫斯格雷夫医生知道这个印度人的脑海中浮现了怎样的念头，那么他就可以避免一场巨大的灾难了！

一天，灾难袭击了班加罗尔。欧洲城区一直都在扩张，目前正在修建一条新的道路。一座古老的印度寺庙挡住了它的去路，鉴于寺庙已破烂不堪，且少有人来，所以人们就计划将它拆毁以腾出空间。然而，这一行为激起了本地人的强烈愤怒。他们心中的仇恨又一次熊熊燃起，渴望能够责罚、赶走入侵者。

在狂热的辛加看来，时机已到！他被仇恨蒙蔽了心智。恰巧，这个时候他的主人，那位博学的医生不得不进行一次短途旅行。这一契机促使辛加下定了决心，展开行动。

深夜，万籁俱静，隐约从异国风情小镇上空飘来一阵阵欢庆的音乐。辛加砸开了医生书房的房门，砸开了放着铁盒的柜子，铁盒里放着需要保持恒温的瓶子。他又花费了很长时间来开锁，但始终打不开。最后，他砸掉了一个盒子的整个背面。现在，他的手里拿着那个危险的瓶子，那个死亡之瓶。

辛加站在那里，蜡烛昏暗的光芒照在他的身上，投射出巨大的影子，落在墙上、天花板上。他棕色的脸上扭曲出一个狂野的、魔鬼般的笑容，眼白像珍珠母一样闪烁着，尖下巴上灰色的胡子不停地颤动着，瘦骨嶙峋的手中紧握着长颈球状瓶，如同庆祝胜利般挥舞着。瓶口被一大团棉絮封住，上面的骷髅封条鲜明醒目。

辛加喃喃自语道："在人们的饮用水中滴几滴，就会让很多人死亡，那个有学问的先生是这么说的。他对瓶子的焦虑，就像母亲看到孩子身处荆棘、周边群蛇环伺一般。啊，聪明的人啊，你亲手递给了我毁灭你们的利刃。我手中握着的是一种能迅速且无声地摧毁整个城市的武器！"

辛加小心翼翼地将死亡之瓶藏在棕色的长袍下，迅速逃离房子，消失在密林中。他沿着小路慢慢往上爬，半小时后，便抵达了城市后面的山丘，那里有供应欧洲人聚居区饮用水的水源——一个藏在低矮的、用砖石砌成的大厅里的巨大水池。辛加悄悄地潜入此处。四周一片漆黑，树叶在星空下格外醒目，隐约可以听到水流在通往城市的管道中奔腾。大厅里没有什么光线。透过低矮的窗户，可以看到一个警卫正守在一个角落里。他一边抽着烟斗，一边阅读着来自英国的最新报纸，旁边的一块门板上挂着用来打开水池房间的铁钥匙和关闭管道的操纵杆。

辛加蹲下身子，静静等待着，他在思考怎样才能神不知鬼不觉地去到水池边上。夜晚潮湿而压抑，低矮的大厅里闷热难忍。夜已深了，辛加眼看着警卫的头慢慢地沉了下去，报纸也慢慢地从他的手中滑落。这个印度人的脸上掠过一丝邪恶的微笑。辛加很谨慎，又等了一会儿后才蹑手蹑脚地来到门口，但门被反锁了。于是，他不得不翻窗而入，但这可能会弄出声响，可是他别无选择。上方的气窗敞开一些，用于通风，辛加计划从那里爬进去。这个印度人脱下了凉鞋，斟酌着每一个动作，慢慢的，他爬上了窗台，眼睛死死盯着那个睡梦中的警卫，随时做着准备跳下来。但是，空气非常闷热，夜又已深，警卫睡得很沉。

印度人将瘦小的身子挤进那扇狭窄的窗户。他小心翼翼地推开窗户，始终屏息关注着，吱吱的推窗声是否会惊扰沉睡的警卫。辛加随身带着一把印度刀，把那个警卫干掉是一件轻而易举的事情，但这也许会让他的计划过早曝光，引发人们的怀疑，进而关闭水站。

终于，他的双脚站在了内窗台上。他无声无息地滑落到地上，轻手轻脚地来到桌边，熄灭了台灯。接着，他摸索着走到水池边，把死亡之瓶深深地浸入水中，用那把印度刀的刀柄敲击着它。只听，瓶底传来轻轻的叮当声，然后玻璃碎片便悄无声息地沉入了水池底部。

那张消瘦的脸上浮现出疯狂的神情。听了一会儿周边的动静，确认安全后，辛加又像猫一样蹑手蹑脚地来到窗前，轻轻地爬了上去，几分钟后又站在了外面的空地上。他穿过茂密的灌木丛，匆匆地返回家中。他所做的一切没有留下任何痕迹，而且没有人知道他是如何一人完成这一骇人行动的。

辛加完成夜间复仇行动没几天，班加罗尔的欧洲人聚居区就暴发了瘟疫。起初只有少数人感染，但人数很快激增，从数百人增长到数千人。医生惊恐地意识到，这是霍乱。没有人知道它是从哪里来的，为什么它会出现在干净的欧洲人聚居区，为什么在国家中部的一座城市暴发，而不是在肮脏、狭窄、混乱的居所。死神手执镰刀在欧洲人聚居区里扫荡。整个家庭、整栋房子、整条街道都死去了。家破人亡，妻离子散，所有能逃的人都逃了，但死神仍然步步紧逼，在逃亡的路上取走了他们的生命。没有人可以拯救他们，没有人知道该怎么办。少数几个还活着的医生心中闪过一个可怕的猜测，这场致命的瘟疫会不会是因格雷夫斯格雷夫医生而起？"他不在家，远行去了。"有人说道。他们急忙跑到他家，发现大门紧锁。他们破门而入，在走廊里发现了蜷缩着的格雷夫斯格雷夫医生的仆人辛加的尸体和他那张扭曲的脸。他是第一批被死亡之瓶杀死的人，是他亲手把瓶子带回了家。辛加的手指上附着足量的致命病菌，在他的夜间复仇行动实施后的第三天，便死在了这栋孤独的房子里。几乎在同一时间，守护水池的警卫也死了。死亡就是从那个水池蔓延到了这座不幸的城区。

  这场瘟疫的波及范围越来越广，就像不停地在高处盘旋着的老鹰，不断拓展它的王国。死神并没有停留在欧洲人聚居区，他跑到了当地人密集的郊区，在他们狭窄的街道上飞奔，所过之处，一片死寂。瘟疫以暴风骤雨般的速度在整座城市蔓延，占领了邻近的城镇。病菌依附在逃亡者的衣服上，或是藏在火车和马车里的货物中，从一个地方游荡到另一个地方，从班加罗尔去往其他贸易城市，死神的镰刀不停地割了又割。

  当格雷夫斯格雷夫医生回来时，这座城市已是一座空城。他匆匆赶往自己的居所，心生一种不祥的预感。他看到了走廊上死去的仆人，他看到了柜子里那个被砸坏的铁盒，其中的一个瓶子不见了，他看到周围散落着的辛加的工具，他便知晓了一切。可是太晚了，他无法改变现状，也没有人可以改变些什么。于是，他把自己的东西全都放进了一个大箱子，包括装有第二个瓶子的铁盒。因为他离家太久，瓶子里面的病菌早已死亡，没什么危害了。但他再也无法逃离这个恐怖的地方，他原本怀着美好的愿望，想要拯救更多的人，却带来如此巨大的不幸。最后，病魔也抓住了医生，他就这样独自死在了这栋房子里。他的内心甚至期盼着死亡，因为对他来说，死意味着赎罪，虽然这并不是他的错。死神以胜利者的姿态来到了他的病榻前，他终于打败了曾经的敌人。

慢慢的，由死亡之瓶引发的可怕瘟疫消失了。死神把镰刀杵在角落里，开始休息；希望和欢乐也再次来到这座城市。逃亡的人们回来了，重新开始工作，生活像以前一样继续着。

后来，格雷夫斯格雷夫医生的一个朋友搬进了他的房子，找到了那个他生前整理的箱子，里面装着豪华的显微镜、专业书籍和关于班加罗尔的瘟疫报告。此外，他还找到了一封写给远在德国的乌拉波拉的信，并把信和箱子寄给了我。就这样，老乌拉波拉就获得了死亡之瓶以及它所引发的灾难的一切消息。你们看，瓶子就在柜子里，从外表完全看不出它身上发生过一段轰轰烈烈的故事，曾经历过巨大的不幸，漂洋过海才来到了这里。

说到这儿，老人沉默了。

"乌拉波拉，"孩子们说，"致命的病菌还在瓶子里吗？"

"不，病菌早就死了，但危险的东西即使在休眠的状态下也不容小觑。就像看到死去的狮子时，我们也必须小心翼翼，慢慢靠近。在死神拿着镰刀穿过旷野时，我们千万不能大声说话！"

太阳休假

你们听，人类啊，又一次对自己和世界感到不满意啦！

"唉，"他们抱怨道，"真是太累了！生活中有太多的事情要做，玩乐的时间又是那么短暂。真是应该反过来才对！总而言之，我们想要好好地休息一阵子！"

他们就这样停下了手里的工作，欢呼着："休假了！"所有的轮轴都停止运转，所有的炉子都不再冒烟；房屋造到一半，外面还搭着脚手架；裁缝放下了针线，鞋匠撇下了鞋底线和皮革，商人关闭了店铺；矿工不再去采矿，渔夫不再去撒网。牛群是最快活的，它们低声吼叫着，欢快地四处疯跑，因为没有人会再使唤它们干活儿。

乡下的农民一齐来到茶馆，交头接耳地商量说："城里人都休假了，那我们为什么还要在田里干活儿呢！我们也不干了！"就这样，锄头和犁耙，镰刀和连枷也变得无人问津。

"你们想怎么做就怎么做吧!"城里人说道,"反正我们的粮仓里都塞满了粮食,地窖里都堆满了土豆,所以暂时不需要你们的农作物!"

天上的太阳目睹了这一切,感到非常惊讶。

"看吧,"月亮回应道,"人类已经疯了。几个世纪以来,我一直都围绕着地球转,也见过不少疯狂的事情,但没有哪次像今天这般荒诞。我认为,人类的结局会很糟糕,只有工作才能让生活井然有序,但如果他们连一根手指头都不想再动一下,那么人类将很快灭亡。不过,这对于我而言没什么影响。我依旧会负责夜间照明,把金光闪闪的星星像羊群一般赶去夜空牧场!"

农民们不再耕种庄稼,整天聚在酒馆里,打着牌,喝着酒。太阳实在看不下去了。一天,它极不情愿地感叹道:"唉,我还在照耀些什么呢?现在,没有种子需要我的光芒来生长成熟,也没有人需要我的光芒来开展工作,所以,我的光芒毫无意义。人类完全可以在黑暗中逍遥,阳光照在那群懒虫身上真是浪费。请你们快清醒过来,回去工作!否则我也要去休假了!"

"别多管闲事了,太阳!"人类咆哮着,"你爱怎么做就怎么做,我们只想休息休息!"

太阳被气得脸色通红,晚上下山之后,第二天早上再也没有升起。它休假了!

"太阳真的休假去了！"一些人哭丧着脸说，"这么一来，天就会变得越来越冷，白天也成了漆黑的夜晚。"另一些人喊道："晚上会有亮光的！月亮会照亮我们！"

但是当夜晚来临的时候，世界仍旧一片漆黑，月亮似乎也休假去了。于是，人们去请教最著名、最博学的天文学家，想知道为什么连月亮都不发光了。

"那是因为，"天文学家回答道，"月亮没法发光。如果太阳不再发光，那么月亮也会处于黑暗之中。因为月亮是被太阳照亮的，它只能反射太阳的光芒。"

"好吧好吧，"人们咒骂道，"让它去吧！我们可以用电灯照亮城市，用电来取暖。"他们用煤炭加热锅炉，推动蒸汽机运转起来，从而产生电流。电流通过成千上万盏灯，照亮了城镇中的各个家庭。他们还用煤炭制造煤气——将煤炭放在大型锅炉中加热，从锅炉中溢出的煤气通过管道传输到千家万户，煤气就可以被点着了。这样一来，人们就可以用煤气炉取暖，用煤气灶烧饭了。于是，他们又开始肆无忌惮地嘲笑太阳。

然而好景不长，一天，煤炭也被用完了，由于矿工们想要享受假期，不想为其他人工作，所以，锅炉里的水便停止了沸腾，机器也停止了转动。没有了煤气、灯光和暖气，人们又开始怨声载道。

不过，仍有一些人坚持说："别担心，没有太阳我们也能应对。如果没有煤炭来驱动机器,那么我们可以利用水的力量。水从高处流下,形成数以千计的瀑布,我们可以在那里建造水车和涡轮机。落下的水会推动水车和涡轮机运转,从而带动发电机发电,我们就能又拥有灯光和电热了!"

然而,人们来到瀑布前却惊讶地发现没有一滴水流下来。这并不是说水已经被完全冻住了,而是瀑布里根本就没有水。于是,人们又去请教气象学家,问道:"您可不可以给我们解释一下,瀑布怎么会干涸了呢?"

"好,我来给你们解释一下。"聪明的学者说道,"这其实很简单!瀑布之所以会从高高的山上流下,是因为太阳融化了高处的冰雪。由于太阳不再照耀,冰雪不再融化,因此便不再形成瀑布。当然,落在山上的雨水也能以瀑布的形式冲向山谷;但由于太阳不再蒸发海洋与河流中的水,就没有水蒸气上升到云层,便不会形成雨云,所以就不会下雨,也就没有瀑布了!太阳通过它的温暖把这一切事宜都安排得井井有条,可是它现在休假去了,以往的秩序也就随之被打破了!"

人们说道:"真是见鬼了,我们怎么能任太阳摆布呢?大家想一想,我们现在要做些什么!我们还可以利用风,风可以驱动大风车,大风车的力量可以带动轮轴和发电机。来吧,让我们一起去建造大风车!"

"天啊,"木匠和铁匠愤怒地说道,"又要开始工作了!"

其他人忙劝说道,这项工作是暂时的,等风车完工后,大家又可以一起休假了。

于是,人们开始夜以继日地建造巨大的风车叶片和引擎,手都被冻伤了,因为地球上越来越冷了。最终,这项工作顺利竣工,现在只需要吹来一阵风,巨大的风车就会转动起来,轮轴和发电机也会随之转动,人们就又拥有了电力、灯光和温暖。可是,人们等了又等,却没有风吹来,没有一片树叶在颤动,没有一粒灰尘被卷起。

见状,人们又回去请教气象学家:"可不可以再给我们解释一下,什么时候风才会吹来?"

只见气象学家重重地叹了口气,扶了扶他的眼镜后,开口说道:"只要太阳不再照耀,就根本不会有风,因为是太阳造就了风和风暴。阳光会使一些地方的空气比其他一些地方的更加温暖。热空气会上升,冷空气会下降,于是空气便会从地球上的一个地方流向另一个地方,这种空气的流动就是风。如果气团快速流动,那么就会形成一场风暴;如果气团缓慢移动,那么它只是树枝上的轻声细语。现在太阳不再加热空气,空气也不再流动了。所以,你们的风车也就白搭了!"

自此,人们就从早到晚地抱怨,还把怨气撒在别人身上,动不动就打架争吵,但风车依然没有转动。人们对矿工喊道:"你们必须回到矿井下,从岩石中挖出新的煤炭。"但矿工拒绝了,因为他们不想在其他人休假的时候工作。"但我们不想被冻死!"人们喊道。一场骚乱和打斗在所难免,甚至有人被打得鲜血淋漓。人们开始砍伐森林，把木头当柴烧，这样才能喝到一碗热汤、温暖一个房间，但是很多人却因在室外伐木而被冻死了。

地球变得越来越冷，就像北极一样。海水被冰冻了一百米深，没有船可以开到遥远的地方去装运粮食或其他东西。渔民没法撒网。森林里的动物因寒冷而死去，鸟儿被冻住从空中坠下，它们的血液早已结冰。土壤被冻得像岩石一样坚硬，没有一把犁能翻动它。阴森的黑暗笼罩着世界，只有遥远的星星在冰冷的高空闪耀。这是一颗被太阳抛弃的、悲伤的地球。

人类的处境越来越悲惨。他们哭着喊道："我们想要重新工作！""我们想要阳光和温暖、云和风、鸟鸣和花香、绿色的森林和涌动的麦田。我们想让太阳再次在蓝天中升起，是的，我们想要太阳，让人们得以快乐和幸福的太阳！"

那些密谋反对太阳的头目却压制住了人群。就是他们煽动了所有的不幸、破坏了所有机器的运转。而他们自己则私藏了很多煤炭和其他珍宝，并在遥远的森林中的一个隐蔽居所里，过着舒坦的生活。

直到有一天，人们再也无法忍受了。他们成群结队地穿越黑暗，抓获了那些密谋者，终结了他们的阴谋。

"我们想要重新工作！我们想让太阳重新照耀！"人群的呼喊声响彻云霄。

当太阳听到人类的呼喊，看到他们已幡然悔悟时，便带着欢快的笑容，在地平线上升起，散发出耀眼的光芒，将世界重新包裹在自己温暖的怀抱里。

人们跑出屋子，站在了阳光底下，享受着明媚的阳光。他们因寒冷而颤抖不已的四肢再一次感受到了温暖，苍白的脸上闪现出新的生命力。太阳的光芒创造了无数的奇迹，这些奇迹是人们以前没有注意到的。阳光把所有的泉水从冰冻的束缚中解放出来，它还解冻了湖泊和河流，大海再生波浪，船夫和渔民们又可以开始工作了。太阳温暖了空气层，气团被搅动起来，风也吹拂起来，大风车又转起了圈儿。接着，瀑布苏醒了，冰雪融化后，大量的雪水从山上奔流而下。磨坊主又抽起了烟斗，欢快地磨着面粉。在温暖的、冒着热气的田地里，农夫们用犁划出了一道道深沟。树木发芽了，熬过艰难时光的鸟儿从藏身之处飞了出来，在空中欢呼雀跃。夜空中，月亮这个老朋友依然躲在云层背后。

而太阳却像一位慈祥的母亲，满脸微笑地看着眼前的这一切。

人们纷纷跪倒在地，向太阳唱着赞歌，他们身上再也看不到对太阳的蔑视了。

琥珀

"孩子们,我们今天要讲玻璃棺材的故事!"

"乌拉波拉,这个故事我们已经知道了,不就是小矮人把白雪公主放进玻璃棺材的故事吗?!"

"不,我要给你们讲的故事,你们肯定没听过。在我的故事里没有白雪公主或其他可爱的少女。你们一会儿甚至还可以去看看,那口玻璃棺材里究竟有什么东西,它就在橱柜里。好东西要留到最后再看,你们先过来听一听这个故事!"

于是,孩子们坐了下来,他们好奇心满满,想听听这老头儿今天又要讲什么故事。

我的故事发生在很久很久以前,有好几千年了!那是一个美丽的夏日,温暖的阳光从蔚蓝的天空洒落。远处的大海不停地怒吼,树叶应和着沙沙作响。那里有一大片森林。

阳光下，一只可爱的小苍蝇在花草中间欢快地嗡嗡叫着。它伸展了一下精致的翅膀，飞到了森林里。那里长着许多高耸入云的针叶树，在热辣阳光的照耀下，散发出一股奇妙的树脂香气。

我们的小苍蝇歇在一根粗壮的树干上。飞了大半日，它的身上沾满了灰尘，正用腿毛刷理着翅膀和长着红眼睛的脑袋。

你们看，一只可恶的长腿蜘蛛正慢慢地爬了过来。它在心里默默盘算，这只小苍蝇将会是一份美味的烤肉午餐。它小心翼翼地把一条腿放到另一条腿前面——你们可不要觉得这是一件小事儿，因为它有八条腿。现在，它正沿着树干悄悄靠近那只小苍蝇。

蜘蛛非常仔细地计划了整件事情。"唉，"它心想，"这个小姑娘身上肉不多！除去它绿色的翅膀和长长的触角，能吃的真的不多，不过也聊胜于无。我一定要非常小心，不然它那圆滚滚的眼睛就会发现我，然后就嗡嗡叫着飞走了！那我就没有烤肉吃，只能饿着肚子睡觉了。"

这只小苍蝇不停地刷着那双丝纱般的绿色翅膀，前前后后的，像小猫似的舔了又舔，完全没有看到正在慢慢靠近的敌人——它是那么狡猾奸诈、邪恶残忍！

蜘蛛已经接近它的目标了。谁能想到，一件可怕的事情突然发生了！

正午的热浪压迫着森林，老树渗出了一滴滴的树脂汗水。突然，一滴厚厚的树脂从上方滴了下来，在阳光下闪烁着金色的光芒，最后落到了树干上，正好把苍蝇和蜘蛛埋在了里面。

现在，苍蝇的清洗工作和蜘蛛的午餐盛宴全都戛然而止，朋友和敌人都被包裹在黄色树泪之中，它们微微挣扎了一下，便一动不动了。

新的树脂不断滴下，落在旧的树脂上，最后形成了厚厚的一团，这两个小生命就像是躺在一个透明的棺材里。

时光安静地流淌，一切都会如期而至。几百年、几千年就这样过去了。无数长着绿色翅膀的小苍蝇和长着八条长腿的蜘蛛在无数个夏日里来了又去。没有人还记得，在很久以前，有两个小可怜被埋在树脂里，难看而笨重地挂在老树的树干上。泥土之下的老树根则早已开始腐烂。

后来，这片小天地又发生了一些新的变化。土地慢慢下沉，北部的海水渐渐逼近这片古老的树林。直到有一天，海水淹没树林，海浪冲刷着树干，将它们连根拔起，森林就这样覆灭了，成了如今的波罗的海。一棵又一棵的古树沉入波浪的坟墓之中，在垂死的树冠之上，海风沙沙地哼着狂野的歌，老树干卧倒在汪洋海水里，不停地发出呻吟。

昔日，沙沙作响的绿色海洋变成了波罗的海。一些腐烂的树干连同厚厚的树脂眼泪也沉入了海底。被海沙不停地磨擦，经年累月，树干完全腐烂了。唯有树脂留存了下来，埋在了海沙之中。

又过了近千年。一场剧烈的风暴席卷大海,海浪疯狂地将沙子和泥土抛向海滩。你们看,一个贫穷的渔夫带着孩子在岸边走来走去,寻找着几千年前的正午时分老树在这里流下的一滴树脂泪。树脂经由岁月的淬炼已经变成了化石。人们把这种黄色的化石称为琥珀,现如今,他们会用琥珀制作各种项链或耳环。

光着脚的小男孩儿在沙子里踢到了一块东西,便弯腰把它捡了起来。

"看,爸爸!"他高兴地叫道,"我找到了一块大石头,它也许能卖半个塔勒!"

父亲接过那块石头,清理掉上面的沙子,对着灯光照了又照。

"它值很多钱,孩子!"他高兴地喊道,"这就是我说的,早起的鸟儿有虫吃!在这口玻璃棺材里关着两个小生命:一只苍蝇和一只蜘蛛。在格赖夫斯瓦尔德,有学问的先生们可能会用一块金子买下这块琥珀,因为一块琥珀里有两只昆虫更是极其罕见的!"

果然,在格赖夫斯瓦尔德的某位有学问的先生买下了这口玻璃棺材,最后,这块琥珀辗转来到了老乌拉波拉这儿,现在让我们一起去看看它吧。你们看,里面关着两只小虫子,仍然定格在多年前突然死亡时的样子——那只少女苍蝇,在明亮的阳光下坐在树干上，擦拭着它的小裙子；那只可恶的蜘蛛，正准备狩猎一顿午餐。你们仍然可以清晰地看到它们身上的每一根毛，可以看到它们在黏稠的树脂中徒劳地挣扎，可以看到它们在死亡的瞬间还在拼命蹬着腿儿，你们看，那些腿周围激起的浑浊小圈儿就是证明！是的，琥珀就是这么神奇！我们可以通过它，得知一万年前发生的故事，了解所有细节，就像我们当时就在那个地方亲眼看见了一样。我们还能知道，那时的世界上已经有了可爱的苍蝇和邪恶的蜘蛛。这真是一个古老的世界，不是吗？

风暴兄弟

那是一场来势汹汹的暴风雨！风暴召集来了它的整个乐团，咆哮着、怒吼着、呼啸着穿过城镇和乡村，越过山林和湖泊。它吹过烟囱内的管道，就像在吹单簧管；吹过电报线，就像在弹竖琴；吹过理发店前锃亮的铜盆，把它吹得像铃铛一般叮当作响；吹过窗户，砰砰地推开又关上；吹过门缝和钥匙孔，咿咿呀呀地呜咽着；吹过茂密的树叶，沙沙作响；吹过屋檐和风向标，发出刺耳的号叫；戏弄着一片片大张的纸片，时而把它们吹到空中打转，时而把它们压在地上拖着走；还把法庭顾问的圆帽子吹到了一公里外，然后停下，等到顾问气喘吁吁地追上来准备弯腰去捡时，它就又冷笑一声，继续吹啊吹，直到最后"噗"的一声把帽子吹进了河里；又把朱利安姨妈的遮阳伞掀翻了，她现在好像要飞到天上去；书记员正站在窗前嘲笑朱利安姨妈，它就突然扔下一个花盆砸向玻璃，书记员立马就笑不出来了。

接着，天空又下起了大雨，它全力支持着狂风的恶作剧，它们携手霸占着整条街道。孩子们只能把鼻子贴在窗玻璃上，期盼着灰蒙蒙的天空能早点放晴，因为他们想出去玩耍。到了晚上，他们穿上大衣，围上围巾，一路小跑着来到乌拉波拉博士的老房子里。在这种天气去听故事再合适不过了，特别是还能喝上一杯甜茶！

老乌拉波拉穿着睡袍和毡鞋，窝在他那张古老的安乐椅上，叼着长烟斗，还不时呻吟两声。因为一碰到这样的天气，老乌拉波拉的风湿病就会发作，病痛正折磨着他，就像有很多虫子在啃噬着他那把老骨头。

"孩子们，"他絮絮叨叨地说道，"这真是一个糟糕透顶的天气！暴风雨会用屋顶的瓦片和花盆来砸人。像我们这样坐在温暖的房间里，东拉西扯地聊着天，真是太幸福了！在外边广阔的世界里，风暴会呈现出完全不同的面貌。真正的水手以及去过遥远的国度、见识过汪洋大海的人，都会大声嘲笑我们这些人，因为就刮了这么一点风，我们就被吓得躲进了洞穴，完全没见识过什么是真正的风暴。看，孩子们，人就像是大海深处的鱼，周边和头顶上都是海水；而我们的周边和上方是一片空气的海洋，我们就生活在空气海洋的海底；鱼离开了水会窒息，我们离开了空气也会窒息。就像大海中有强大的水流一样，空气的海洋中也有强大的气流。如果气流很弱,我们就叫它'风',如果气流很强,就叫它'风暴'。这些气流是在太阳的照射下形成的。太阳加热了炎热地区的空气,空气就会变得轻盈并上升到高空中,紧接着,较重的冷空气便从四面八方流入以填补空缺,于是,风和风暴就出现了。如果我们坐在一辆行驶速度非常快的火车上,那么我们每秒钟可以前行二十五米,要知道,有时风暴会以比火车快五六倍的速度疾驰而过,摧毁人类所创造的一切,它是一个危险的家伙。今天我就要给你们讲一个关于风暴的故事。大家靠近一点坐,把耳朵竖起来,乌拉波拉的故事就要开始了!"

风暴兄弟已经有一年没见过面了。它们在世界各地肆意奔跑,侵扰着人们,但在某个特定的日子,它们会聚在一起开家庭会议。那时,空气一片安静,树叶纹丝不动。在前往西印度群岛的大帆船上,水手们正舒适地叼着烟斗,悠然自得,因为他们没有什么事情要做。每一年的这一天,风暴兄弟都会前往南部的波斯[①],在德玛温德山[②]相聚。德玛温德山高耸入云,高度近六千米。在这幽深的山岩里,有一个巨大的山洞。一大清早,第一个风暴兄弟便到了,它叫萨姆风或沙暴,来自非洲炎热的撒哈拉沙漠,是飞过了地中海,来到这里的。路上,戴着大羊皮帽的波斯人感到非常惊讶,天气居然突然

---

① 今伊朗。
② 伊朗厄尔布尔士山脉的主峰,伊朗以及整个中东地区的最高峰。

间变得如此温暖。那是因为沙暴从炎热的家乡带来了阳光的炽热,它巨大的翅膀不停地抖落金色的沙子,于是,空气中都飘满了黄沙,人们的嘴巴里都能吃到沙子,牙齿一嚼还会发出"嘎吱嘎吱"的声音。

沙暴匆匆赶到德玛温德山的山洞中。"天啊!"它叫道,"这里的天气可真够冷的!真难受!我爱家乡的沙漠、阳光,狮子和胡狼在那里晒着太阳,巨蛇在沙土里孵着蛋。这里阴冷阴冷的,可太悲惨了!今年,我又是第一个到的。等到那几个家伙姗姗而至,我恐怕都要感冒了!"

一通抱怨后,它把宽大的翅膀像斗篷一样盖在身上,闷闷不乐地蜷缩在角落里打起瞌睡。

中午时分,高空中传来一阵怒吼,好像一群魔鬼被放出来了似的。山间的云雾立刻被驱散了,雨点如擂鼓般落下,雷声霹雳,在山间回荡,火红刺眼的闪电劈向大地。在一场猛烈的冰雹中,第二个风暴兄弟到了,它叫飓风,也叫雷暴。

它大笑着进入山洞,抖了抖铅灰色的翅膀,雨点和冰雹便像一股洪流倾泻而下。"见鬼了,"它咆哮道,"这里怎么到处尘土飞扬,真是惨不忍睹。天啊,我的喉咙都干了!"

终于,它在黑暗的角落里发现了沙暴,便冲了过去。"兄弟!"它一边大笑着,一边喊道,"你在这里啊!你个老沙桶!难怪到处都是沙子,原来是因为你这个老家伙啊!不过不要紧,看到你真好啊,太阳之子!"

沙暴对飓风吼道："你这个家伙，离我远点儿！你看看你都干了些什么？电闪雷鸣、瓢泼大雨，真是太可怕了！你身上还有鱼和焦油的味道！离我远点儿，你知道我最讨厌潮湿！下次还是到我家来聚吧，那样你也能干燥一回了！"

飓风听后大笑道："你个老烘箱！兄弟，现在整个山洞里都是沙子，等会儿我们到了户外，一个个看上去都像面粉袋了！"

它们就这样相互埋怨了好一会儿。这时，外面的动静越来越大，原来是第三个风暴兄弟到了。当它渐渐靠近的时候，山下的人们全都惊恐地逃进屋子，关紧屋门。它咆哮着、轰鸣着，仿佛搅动了整片海洋。东边是硫黄色的天空；西边的天空中，一片黑压压的乌云却轰然而至，就像一堵黑墙，墙面上垂下一根气柱，径直伸向大地。这根气柱以极快的速度旋转着，所到之处，所有的东西都被它吸了进去，沙子、野草、瓦片、水洼，无一不被它卷入空中；带不走的东西，就被它咔嚓一声折断，树木对它而言弱小得就像根火柴棍。这就是龙卷风，也叫旋风，破坏力极强。现在，它已经到达了洞口，"咚"的一声，就像炮弹似的闯了进去。

这家伙来势太过凶猛，甚至把沙暴吹出了角落，哀号着飞向洞顶；飓风也被它吹得像陀螺一样打转，最后被甩到了一个角落。

"你这个浑蛋！"飓风开口骂道，"这难不成是美洲的摔跤礼！还不停下来！你这个恶鬼！"

沙暴像胡狼一样愤怒地号叫着，对这个粗鲁的兄弟骂出了一连串阿拉伯语。但龙卷风听后却像头棕熊一样憨憨地大笑起来，一遍又一遍地喊道：

"你们好啊，我亲爱的兄弟们！"它是一个地地道道的美洲人，刚从加利福尼亚赶来。

两兄弟继续骂了龙卷风很久，山洞里吵吵闹闹的，好不热闹。然而，龙卷风却并不在意，它拿出一根短烟斗抽了起来，为了打发时间，它甚至还拿出了一把小刀，把卡在翅膀里的橡树干削成了牙签。

中午，波斯的天气通常很好，也很温暖，但现在温度骤降。天气越来越冷，太阳也消失了，高空中的水汽凝结成冰针，聚集成云朵，像一片片可爱的小羽毛，不久后便开始有雪花从高处飘落，起初很小，后来越下越大，最后，伴随着冰冷刺骨的大风，飘起了鹅毛大雪，五步开外的东西全都看不清了。第四个兄弟从遥远的地方赶来，它叫暴风雪，也叫雪暴。

它是风暴兄弟中的老大哥，头发和胡子都是雪白的，上面挂着长长的冰柱，翅膀上覆盖着闪闪发光的雪块，脚上还踩着大冰块；它的呼吸所及之处，所有的生命都会被冻得失去知觉。暴风雪慢慢悠悠地进入山洞，喘着粗气。

"你们好啊，兄弟们！我们又在德玛温德的山洞里相聚啦!"说着,它抖了抖身上的雪花。

山洞里突然冷飕飕的,沙暴又哀号起来:"救命啊!我快被冻死啦!"它赶忙找了一个缝隙钻了进去,尽可能避开它大哥冰冷的呼吸。飓风也对它的北极熊兄弟极为不满,因为自己的翅膀上刚刚还在滴滴答答的雨水,现在已经冻成冰了。

"我亲爱的兄弟们,"暴风雪说道,"不要争吵啦!我们一年只见一次面,每个人都有自己的独特之处,就相互忍耐一下吧!沙暴的干热和风沙,飓风的雷电和大雨,龙卷风搅碎一切事物的能量以及我的寒冷和冰雪,所有这些特点对于其他兄弟来说都是难以忍受的,但我们都各自有不同的工作,生活在不同的地区,所以我们必须互相体谅。让我们停止争吵吧!我们有更重要的事情要做!你们知道,在元旦这一天,作为我们四个中的老大,我必须向天气之神报告我们的工作情况。我们这一年又收到了各种严厉的控诉。海神尼普顿对我们非常生气,植物神芙罗拉和动物神福娜也抱怨我们风暴兄弟在世界各地肆虐。我已经可以预见,一大堆指控在等着我们,我们必须商量商量,该怎么辩解。现在的第一要务,就是赶快汇报一下,你们都干了哪些坏事,这样才能早做应对!"

"你永远都无法取悦人类!"飓风咆哮道,"如果你多睡了一会儿,或是吹得太少,他们就会抱怨粮食不生长、树木不结果、帆船不前进、风车不转动。如果你好好地吹一下呢,他们也不喜欢。真应该让他们自己去管理天气!"

"没错,就是这样。"龙卷风说道,"人类都是忘恩负义的!芙罗拉是个矫情的少女,她看到一棵折断的小树都会心疼得哭泣!"

"不要把责任都推到别人头上,你们这群家伙!"暴风雪反驳道,"不要再骗我了!你们的小把戏我可都一清二楚,我年轻时也曾这样做过。但现在,我们不要再无谓地浪费时间了!赶快报告你们的暴行!"

说完,四兄弟在德玛温德的山洞中间蹲坐下来,从最小的沙暴开始讲述。

不知咋的,那天就出了岔子。人们埋怨我是应该的,但我真的不是故意的。我本来好好地躺在卡瓦尔绿洲的莫戈多姆山上,睡着觉。山下是一望无际的撒哈拉沙漠。太阳无情地炙烤着大地。石头被烤得滚烫,草儿都被烧焦了。蛇和鳄鱼都张着嘴巴,无精打采地躺在那儿。一头老狮子被热浪从沙漠深处赶了出来,躺在我身边一棵枯树的树荫底下。不远处的水潭里还泡着几条懒洋洋的鳄鱼,水面上蒸腾着热气。四周一片寂静。

太阳落山后,我醒了过来。身边的狮子、沙子里的蛇、水潭里的鳄鱼都还在睡觉,真是无聊极了。这时,我看到远处有一长串黑点在沙漠中慢吞吞地移动着,好奇心驱使我去看看那是什么。而且,也是时候开始工作了!几个星期以来,天气炎热干燥，一切都被烤干了。我必须扇动翅膀，在空气之海中好好搅动一番，再从海里带来些水汽，没准我还能酝酿一场大雨呢！临近傍晚时分，我便起身，张开翅膀，朝着那一串蠕动的小点飞去。

我的翅膀卷起了巨量灼热的沙尘，弥漫在整个空间，把天空搅动成深黄色，太阳散发出锈红的光芒。所有的动物都钻回巢穴。当我靠近了那一串小点时，才发现那是一支商队，他们牵着十头运货的骆驼，旁边还有几个骑着马的护卫，他们是身穿白色披风的贝都因人。当他们看到我携着橙黄色的沙尘在远处暴走时，便连忙扑倒在沙漠中。骆驼排成了一排，跪卧在地上；在骆驼中间，埋藏着不幸的人们。在这广袤无垠的荒漠中，黄沙滚滚。我朝着大海的方向奔去，在他们的上空咆哮了三个小时，而我并没怎么关注他们。如果早知道炙热的气息正在灼烤他们，不断掉落的细沙正在掩埋他们，我肯定改道。谁能知道人类是如此脆弱！他们为什么要冒险进入沙海呢？他们不知道人在沙海中很容易迷路，甚至死亡吗？

我继续向前飞啊飞，越过的黎波里的山脉，突尼斯和比斯克拉绿洲，君士坦丁堡的一排排白色房屋。我的沙尘外套把太阳染成了铁褐色，数十亿沙粒在空中旋转，它们的歌声给人类带去了沙漠之子沙暴即将到来的消息，凡是看到或听到我到来的人们，都会惊恐地躲进房屋。

日落时分，我站在地中海海岸，沙尘一粒粒地从我的翅膀缝隙中滑落。我累极了，没了力气；稍稍喘了口气后，便转身回去。月亮已经挂在了天边。当我再次经过与商队相遇的地方时，只看到了一个小沙丘，满载着货物的骆驼骸骨，和一张张早已僵硬的、青色的人脸。

沙暴讲完这个故事后，沉默了。

"干得好啊，小浑蛋！"暴风雪抚摸着结霜的胡须，骂道，"我们就从没听人说过你什么好话。沙漠中到处都是人类和动物的骸骨，要么就是你的热气把他们闷死了，要么就是你的热沙把他们活埋了。天气之神真该好好揍你一顿！"

沙暴听后悻悻地躲回石缝中，用阿拉伯语嘟嘟囔囔地咒骂着。接着，轮到它的兄弟飓风发言了。

我啊，一年四季都非常忙。沙暴兄弟生活在人烟稀少的地带，对他来说，一年四季都没什么差别，悠闲的日子都把它变成一个懒蛋了。但我的事情多得都做不完。我的王国里有大片森林、田地、城市，还有漂浮着许多船只的大海。如果我的风吹得太少，如果我没有下足雨，那么收成就会不好。如果我大口吹气，又是打雷，又是闪电，那么田里又会出现涝灾。最麻烦的是那些水手！他们乘着坚果壳似的小船在汪洋大海上航行，如果一不小心碰着了他们一下，那可就酿成大祸了！最倒霉的事情发生在今年春天！我好好地在巨人山脉悠闲地过了几个星期，坐在那里和老山怪打牌，竟莫名其妙地收到一大堆投诉信，抱怨说没有风，没有雨。现在正是欧洲的花季，百花齐放，可是没有一丝风为它们传粉，花朵无法受精，到了秋天就无法结出苹果、梨子和樱桃；没有雨，花园和田野也都要旱死了。

我马上对老山怪说自己得走了，它随即喋喋不休地抱怨着，因为它摸到了一手好牌，全部四张A都在它手里，但我顾不得这些，扔下牌，呼的一声就飞走了，没过多一会儿就翻过了群山，来到了田里。

起初，我走得很慢，每小时五十千米。但当我发现，我还没有下面的一辆特快列车跑得快时，铆足力气张开翅膀，加快了速度，火车一下子就被我远远地甩在了后面。经过德国上空的时候，我看到太阳又在日历上翻了一页，对于这个季节来说，天气实在太热了。小树因干渴而耷拉着耳朵，花朵们面色苍白，像生了一场重病。于是，我赶忙把从海洋、湖泊和河流中收集到的水蒸气凝聚到空中，再把它冷却，天空中顿时出现一片非常漂亮的蓝白相间的云层，这样一来，太阳就没法再将光线照射到干涸的地面了。然后，我又小心翼翼地把这些由水汽凝结成的小水点洒向大地。

在下面的村子里，农夫们站在门口，看着庄稼，从嘴里拿下烟斗，煞有介事地点点头说道："谢天谢地！这雨来得还算及时！"但在城市里，几位尊贵的女士又开始咒骂我，说我淋坏了她们的蕾丝裙和新帽子。迈尔老师带领的一群学生正在校外郊游,他们也抬起头,冲着云层,愤怒地喊叫着:"六个星期都是阳光灿烂,偏偏就今天大雨倾盆!"

农夫们仍在看雨,吧嗒吧嗒地抽着烟斗,还不时说什么,"这雨下得也太小了,根本不顶事儿!"

人类真是贪得无厌,永不知足!我气极了,所有的雨水一挥而下,立时大雨滂沱。我还找出了雷管和冰雹鼓,为这场暴雨配了乐,那真是一段快乐的时光。当我开始狂欢的时候,城里人都疯狂地跑了起来。在席勒广场中央,朱利安姨妈的假辫子、迈尔老师的新帽子和县长太太家的窗帘一起跳起了华尔兹,雨伞们都高兴疯了。胖得像个酒桶一样的啤酒店老板气得满脸通红,怒气冲冲地喊道:"我的啤酒都酸了,烤羊肉都不新鲜了,今晚还会有什么客人,我真是太倒霉了!"但出租车司机和修伞工却欢呼起来:"让暴风雨来得更猛烈些吧!都来照顾我们的生意吧!"

看吧,人类真是永不知足!

我一路飞来,经过了奥得河、易北河、威悉河、莱茵河,冲刷了森林,灌溉了田地,驱散了污浊的空气。可我没有对大海给予足够的关注,毕竟我也只有一双眼睛啊!我既要盯着朱利安姨妈的假辫子,又要看着约亨花园里的梨树,我哪里还有精力顾及从瑞典开往英国的货轮"北斗星号"?我怎么知道它正要撞上礁石?我带着电闪雷鸣赶到海上时,太阳已经落山了,蓝灰色的云团低垂着,根本看不清千米之外的情况。这艘船上的乘客都异常恐慌。耀眼的闪电似乎把天空和大地都点燃了，雷声在云墙之间滚动着，隆隆作响。我鞭打着不断起伏的灰绿色波浪，它们执拗地用白色的浪花与我相抗。我号叫着，吼着战歌，对抗着不羁的大海，把它搅得天翻地覆，海浪冲天，直到后来我才突然发现，远处的"北极星号"闪着红色和绿色的信号灯，羊毛一样浓密的黑褐色烟雾从烟囱中不断飘出，它正开足马力，向我飞驰而来。巨浪不时将船尾高高地掀出水面，光秃秃的螺旋桨叶在空中嘎吱作响，看起来就像一只八音盒从高空中摔落地板，随时都会粉身碎骨。

船上的小人儿真是勇敢无畏，正在全力以赴地坚持着，我不得不对他们心生敬意。我本想去帮助他们，但为时已晚。在靠近英国海岸的地方，这艘船被巨浪卷起，抛向了一块礁石，瞬间四分五裂，船里灌满了海水。人们像火柴一样被冲走……有的人后来爬上礁石，逃过一劫，但大多数人都无声无息地沉入了深海。我很同情他们，却无力帮助。这些弱小的人类之所以如此不幸，就在于他们竟敢带着可爱的玩具武器投入残酷的斗争中去！

飓风说完也沉默了，大哥暴风雪若有所思地摇着头。

"在那个暴风雨的夜晚，还有许多邮轮和渔船沉没了。你下的那场冰雹对田地和花园造成了不可逆转的伤害，芙罗拉十分痛心。你是想要做好事，也出色地抗击了干旱和炎热，但你在与我们的老对手海神尼普顿的疯狂鏖战中，完全没有顾及人类的安危，这是你的失误！我们都会犯错，所以我不能妄加评判。"

"太迟了，"飓风辩解道，"我注意到那群人的时候已经太迟了。半个欧洲和整个北海都在我的眼皮底下，正如人们不能让火车在相撞前瞬间从全速变为静止一样，我也不能瞬间收住巨大的力量，让海面风平浪静。人类自己也必须更加小心才好啊！"

说完，美洲兄弟龙卷风突然哈哈大笑着手舞足蹈起来。只见，它趾高气扬地来到飓风面前，开口道："老伙计，你真是没见过大世面。不过就是打碎了几扇玻璃窗，淹没了一艘老货船，你就开始像个小孩儿似的哭啊哭的。天啊！如果小蚂蚁偏偏要在大象散步的地方耕种，那么迟早有一天它们会被踩死，这也不奇怪啊！就像伐木的地方，就会有木屑掉下来一样！要是换作我，在我狂欢的时候，才不管什么人类和他们所造的东西呢！"

"你这个臭名昭著的坏家伙，连带着我们都一起声名狼藉！"暴风雪不满地吼道，"只要有你在，就没好！"

"别这么自以为是，你这头北极熊！你所在之处，也不见得人人都称颂你吧！"

"你们赶紧说正事儿，"沙暴发火道，"我可太想念非洲的阳光了！"

"听我说，老伙计们！人类是一个不守规矩、蛮横无理的种族，特别是在我所在的美洲。他们吹嘘着自己征服了自然，成了世界的主人。他们在陆地上建造着像空中楼阁一样脆弱的房屋，在海里乘着像玩具一样的小船航行，他们在山上铺上薄薄的铁轨，乘着'呼哧呼哧'喷着水蒸气的火车上山。他们还在各地铺上了铜网。最近，他们的胆子越来越大，居然在高高的云层之上，乘着根装了纺锤充气香肠飞行。对了，他们还把铁片射向空中，制造人工闪电和雷鸣。难道我们还要忍受这些蝼蚁的胡作非为吗？难道我们还要对他们处处顾及吗？他们是我们的敌人，我们的奴隶，但他们却想让我们这些巨人成为奴隶。你们想怎么做就怎么做吧！就我而言，如果这些小矮人再来抢我的地盘，那么我将与他们拼个你死我活！"

"老伙计，前几天你在美洲中部把他们折磨得不轻吧？所有的报纸，甚至是欧洲的报纸，都在争相报道，说是龙卷风的破坏力太强了！快来说说，这到底是怎么一回事儿吧！"

"好吧，飓风兄弟，那你就好好听听！听完，你就不会再为自己在欧洲砸了几个花盆而哭泣了。"

你们知道，我和你们不一样，我不吹风，我最强的威力在于吸！我的气柱从高处垂下，不停地旋转着，像一根巨大的象鼻，可以吸食所有碰到的东西。我会把这些东西卷到高处，然后再把它们狠狠地砸向地面。遇上不愿意顺从我的，我就会把它们折断！虽然我的地盘不大，但只要在我的领地里，我便是一个不容置疑的统治者，才不在乎什么人类的创造物！我的足迹清晰可见，就像魔鬼的镰刀在玉米地里割出的一条光秃秃的路径。

我从风景秀丽的科罗拉多山脉出发，那儿的山峰一年四季都白雪皑皑，闪着银光。五月的一天，我从山巅走了下来。起初，我慢悠悠地在岩石山谷中蜿蜒前行。身后的天空就像一堵蓝黑色的高墙，充满了压迫感。群山轻蔑地看向我，居然想反抗我，挡我的路，它们不知，我的力量在不断增长。我以四倍于特快列车的速度冲向它们。怒火中烧的我，将一棵百年老树从中间劈开，要知道，它可是跟寺庙里的圆柱一样粗壮！一列从堪萨斯平原出发的火车正慢慢往上爬，挡住了我的去路。巨型车头在陡峭的岩壁上呼啸着，下面便是万丈深渊，湍急的河水拍击着倒下的巨树，发出阵阵咆哮。我冲向那玩具般的小火车，差点把它掀翻了，这个小家伙发出的疯狂尖叫在群山间悲惨地回响了好一会儿。不过，我在山谷中的怒吼很快就盖住了这叫声。重新整装后，我再次冲向小火车，它的车窗被震碎了，车顶被掀起来了，还有好几节车厢像纸片一样飘飞了。不久后，火车开进了一个隧道，它停了下来！它放弃了与我抗争！只留最后几节车厢还露在隧道口处。我继续赶路，没有时间再搭理它，离开前我再一次向车厢扑去。我以比特快列车还要快五倍的速度，冲向这个人类的小玩意儿。我的力量是那么强大，每平方米产生的压力为七百五十千克。火车的最后两节车厢里装满了行李和邮包，"咣当"一声后，几节铁链就断了，车厢东倒西歪地脱了轨，翻滚着坠落山崖，消失在黑暗的深渊，就像火柴盒似的。

我又向它们投掷了几块巨石和几棵房子高的冷杉。不一会儿，我便越过了群山，降落在了平原。我的身边站着蓝黑色的云朵大军，黑压压的一大片，白天瞬间就变成了黑夜。我将乌黑的气柱伸向大地，它疯狂地旋转着，就像象鼻般横扫一切，吞吸一切。在我面前的是得克萨斯州的巨型牧场，成群的水牛从我的手边逃开，草原上最勇敢的骑手也正快马加鞭，试图逃出我的手心。平原之上，我可以全速前进，不再受岩壁的阻挡。一小片森林想与我对抗，我就像大象卷草般把它们拔了，再用象鼻把这些百年老树卷到高空，又像扫帚一样把它们扔到牛群中间。牧场边上有一间木屋，边上是一个花园，牧场的主人和仆人住在那里。我拔起一棵冷杉，就像掷标枪一样扔向木板墙。只见那些总是自诩为自然主宰者的人类，正脸色苍白地躺在地上，浑身颤抖。我饶有兴致地想给他们展示一番，自然本身才是其真正的主宰。我摇啊摇，把他们生活的小屋摇得像个鸡窝，又扯去了一整块花园的地皮，用象鼻把它吸到了空中，最后把它扔在几百米开外的小树林里。这一系列操作后，场面确实有点混乱。不过，我的动作可是很温和的，因为我对杀死木屋中的人类不感兴趣，只是想给他们一个教训。我想，那群聪明的小蚂蚁肯定烦死我了吧！

"天啊！"沙暴说道，"这位来自美洲的兄弟可真会讲童话故事啊！把一整栋房子都吸到空中！你可真是能干啊！"

"千真万确！"龙卷风叫道，"你这个干瘪的木乃伊在说些什么呢？你认为我是胡说八道！！！天啊，就应该……"

"冷静点儿！"暴风雪劝解道，"这个冒失鬼告诉我们的恐怕都是真的！人类所有的报纸都准确地记录了它当时的恶行，学者们也就此写了厚厚的书。他们把它这次的行径称为加尔维斯顿飓风①。"

"是的，老伙计们！加尔维斯顿！就是加尔维斯顿！那是墨西哥湾的一座城市，当得克萨斯州的森林和牧场被我甩在身后时，我便来到了这个地方。一辆牛车向我走来，我就连牛带车一起卷了起来，把它们一起打包带走了！在靠近城市的入口处，又出现一个可爱的人类小玩具，那是一栋房子，里面有很多呼呼作响的轮子，全部由一个锅炉驱动——锅炉里的水沸腾不止，下头的火正熊熊燃烧。房子外面矗立着一

---

① 1900年，美国历史上危害最大的飓风侵袭得克萨斯州加尔维斯顿市。

座高大的石塔,正像烟斗一样冒着烟。我啊,就在它的肋骨上狠狠打了一拳,它就倒下了,脖子都被摔断了。接着,我又把锅炉端了起来,放在了外面的草地上。我还闯进了城市,开了一些小玩笑。一群建筑物围着一个大广场,广场中间矗立着一根铁柱,上面挂着一盏照明灯。我想着用些力气把这根铁柱拔起来,不想它永远被固定在地底深处的石板上。可这家伙不愿意跟我走,我就用象鼻抓住它,一圈又一圈地转了六圈,铁柱就这样被拧成了一个红酒开瓶器,但它仍然一动不动地矗立在广场上。后来,人们将它保留了下来,作为我曾进入过这座城市的纪念。我卸了门窗,掀了屋顶,还扯掉了绷在屋顶上的无数根铜丝线,最后在停满了船只的港口里,我跳起舞来,把它们全都送去了另一个世界。

"我跑啊跑啊,直到跑到了遥远的海上,才慢慢安静下来。临近傍晚时分,我睡着了。天啊,那天我可太忙了!"

风暴兄弟沉默了,这位美洲兄弟的"英雄事迹"真是让人心惊。兄弟几个都意识到,它是个危险的家伙,都小心翼翼地避免与它发生争执。还得是老大暴风雪,它听后补充道:"你忘了说了,你在加尔维斯顿的英雄事迹导致五千人丧生。"

"天啊,是这样吗?我没有数过!但人类自己在战争中都会杀死数以百万计的人。我又不是故意的!我曾经把地球上所有的秽气吹得一干二净,还杀死了数不清的有害昆虫和杆菌，这对于人类来说也是有价值的，因为这样可以保护他们免受疾病困扰，还让他们的庄稼获得了丰收。现在轮到你了，老北极熊，不要总是批评别人，你也讲讲你干的事儿，让我们评评理！"

暴风雪抚摸着长长的胡须，清了清嗓子，开始讲述自己的故事。

我已经老了，没什么精神头儿了。我没有沙暴的灼热，没有飓风的清新，没有龙卷风的力量。我拖着死神的袍子，所经之处都会笼罩在一片银白之中。秋之精灵费尽心思幻化出来的浪漫画卷，只需一夜，我就能把它变成黑白艺术。我爱好和平，但我也必须让人类、动物和植物受些折磨！所以，他们管我叫"白色死神"。

十一月的一天，天气越来越冷，高处更是严寒。于是，我背负着巨大的雪堆，穿过不列颠哥伦比亚省，来到了中央平原。当我展开翅膀的时候，天空突然变成一片单调的灰色，就算是在白昼，人们也看不清百步之外的情况，到处都点起了灯。我抖了抖灰色的云朵斗篷，天空就开始飘起了片片雪花。据说，这个地区的人有生以来还是第一次看到这样的大雪。几分钟后，广阔的世界就被我笼罩在晶莹剔透的纱幔中。雪下得又急又密，很快，人们就看不到地面的道路了，一切都被厚厚的大雪所覆盖，仿佛大地上飘着一块白色的云朵。

人们也看不见其他东西了，近在眼前的树、马上就要进入的家门，全都看不到了。

我只用了一刻钟，整个世界便面目全非。人们走不了路，也开不了车了，四面都是难以逾越的雪墙。街上的一切活动都停滞了，我把无数冰针扔向了行人的脸。街道变得寂静一片——房屋被雪掩埋，沉重的积雪扯断了房顶上的电报线，屋顶塌了，巨大的雪块正从斜坡和檐口重重地砸落。

村庄也被大雪封住了，粉末状的雪将低矮的茅屋盖得严严实实。人们试图铲雪出门，但我又用冰冷的气息和尖锐的冰针将他们赶回屋去。

火车发出尖锐的嘶鸣和隆隆的车轮声，向我咆哮而来，它们还对我喷射热气。我只用银白色的手捏一捏这辆玩具小车，它便被困在一片冰雪的海洋。紧接着，火车向远处发出求救信号，没想到居然有其他玩具小车跑来救它了！真是一些奇怪的东西！它们沿着铁轨呼啸而过，无畏地向前开去。它们的蒸汽驱动着巨大的叶轮，将轨道上的积雪溅向两侧，艰难地前行着。我没有理会它们，但它们最终还是耗尽精力，停了下来，被埋在了雪里。它们原本是想将这些软雪从轨道上清除，为火车开路的。谁知，救援计划就这样以失败告终了。

"一切都陷入瘫痪，人们对此深感绝望。没有人进入村庄，也没有人走出村庄。我还在不停地抛撒雪花。一列列火车被牢牢地卡在雪里。满载游客的邮车在安静的山谷中行驶时，也被我袭击了，车身陷入积雪之中，只勉强露出车轴的部分，车里的人个个像俘虏似的被我冻僵了。在海上，我又把船只改造成了一个个怪物。我把无数片雪花覆盖在所有的帆、桅杆、船坞、大炮、绞盘、舰桥、索具上，渐渐的，这些雪花结了冰，这些船只最终只能无助地漂着，就像不幸掉进蜂蜜罐子里的蝴蝶，再无力挣扎。

在高原森林里，树顶不堪积雪的重压，发出此起彼伏的呻吟声；树枝被裹上一层厚厚的雪壳，失去了原本柔韧的天性。当我在森林中呼啸而过时，那些已经被压弯的擎天大树像玻璃棒一样断裂了。整片山林饱受风雪摧残，冷杉林和橡树林中不断传来阵阵呜咽。

但我已经老了，我的力量并不能持续多久。几个小时后，我便筋疲力尽地躺在哈德逊湾边。我已经把世界变成了银白色，我的死亡之袍已经覆盖了整片大地。谁承想，太阳这时冲破了云层，开始消融精致的冰雪建筑，慢慢地又把生命从沉睡中唤醒了过来。

暴风雪讲完自己的故事后，沉默了。

"兄弟们，"飓风说道，"我觉得，我们没有什么可以自责的！我们每个人都做了自己必须做的事。鸽子无力改变其温柔，老虎无力改变其凶残。我们生来就是这样的，无法改变！"

沙暴和龙卷风对它的观点表示同意。"德玛温德山洞里的风暴会议圆满结束！"老暴风雪宣布，"我们现在出发吧，去做各自的工作。我会将所有的情况如实汇报给天气之神，我们走吧，下一个家庭聚会日再见！"

风暴兄弟纷纷起身，张开翅膀，准备离开。

"我可终于从这该死的寒冷中解脱了！"沙暴说道。它走出了洞口，向南飞去，一路上散布着温暖，一会儿就不见了踪影。

"再见了，老沙桶！"飓风在它身后喊道，带着滚滚雷声和倾盆大雨向西咆哮，向着欧洲大地进发。

"我们可以一起走一段，北极熊。"龙卷风吼道，"去美洲！"

"别了，你走得太快了，"暴风雪挥了挥手，婉拒道，"而且，如果我们两个人同时经过一个地方，那里的人可经不起这种折腾。先走吧，小浑蛋！"

美洲人咆哮着离开了，远远地还能听到它在大喊："再见了，老顽固！老怪物！"

暴风雪没有立刻飞走，它徘徊了一会儿后小心翼翼地升到了高空，缓缓飞向它遥远的故乡。此刻，在高加索的岩峰上，飘落了几颗小雪星。

山下的人们此刻听到高空中传来一阵阵奇特的咆哮声，原来，那是风暴兄弟的漫游之歌。

"孩子们，"老乌拉波拉说道，"这就是风暴兄弟的故事！你们听见飓风在烟囱里奏乐了吗？快，把帽子拉过耳朵，扣好大衣，小跑着回家去吧！当你们躺在温暖的羽绒床上，听到风在百叶窗前呜呜作响时，请你们记得，在广阔的世界中、在海洋中、在山谷中、在沙海中，生活着那些与来自德玛温德山洞的风暴兄弟战斗的人们！"

神奇的世界

很久很久以前,一个非常美丽的夜晚。乌拉波拉花园里的接骨木花开得正盛,那里既温暖,又安静。

"你们看,星空是这么静谧,漫天的星星都在闪耀!"这位老人说道,"让我们架起大型望远镜,观察观察它们吧!"

于是,我们把天文望远镜架在树下,在老乌拉波拉的指导下观察起了月亮和星星。

哇,原来宇宙中有那么多颗星星啊!那里散落着无数太阳、无数地球和无数彗星。是的,谁会想到,星空就像是一棵长满了果实的苹果树,而地球只是这树上的一颗苹果。透过望远镜,我们还可以非常清楚地看到,其他星星上面的山峰和山谷、云朵和田地,还有大片大片的海洋。

"快来看一下这里!"老乌拉波拉叫道,"你们看到那里漂浮着一颗暗淡的小球了吗?那是一颗非常遥远的星球,人们称它为'天王星'。它距离我们非常遥远,所以我们几乎看不到它;它距离太阳也非常遥远,所以阳光很难到达那里,所以天王星上非常寒冷。是的,这是个神奇的世界,我给你们讲讲关于天王星的有趣故事吧!快来这爬满蔓草的凉亭里坐坐,借着温柔的月光,让我和你们好好聊一聊天王星上的神奇世界吧!"

你们看,一位天文学家正坐在望远镜前,凝望着星空。遥远的空间里漂浮着很多恒星和彗星。但最美丽的还应属像地球一般的星星,也就是行星,因为行星上有田地和海洋,冰雪和云朵。

"唉,"老教授叹了口气,"如果人类可以到那些行星上去漫步,该有多好啊!用望远镜看总归是隔靴搔痒。如果有一天我真的到了天堂,我会请求神明让我先去遥远的星球走一遭!"

老教授就这样想着想着,慢慢的,在皮椅里睡着了。那时,已过午夜,接骨木开花了,浓郁的香气,直让人沉醉。

突然,观星台的门被打开了,死神走了进来。他松散的骨架嘎巴作响,外面披着一件深色的斗篷,骷髅头骨上戴着一顶黑色的宽边软呢帽。他走到老教授跟前,说道:"亲爱的教授,您在这个世界上的时间已经用完了;现在,您将离开这个世界,前往另一个世界。您七十年来一直都是抬头仰望星星,现在您便能前往星空,更好地观察星星了。当然,您也能看到地球,那时它就只是一颗漂浮在宇宙中的星星!"

教授的仆人老克里斯蒂安,已经照顾了他三十年。他原也在扶手椅上打着盹儿,这时突然醒了过来。他惊奇地揉了揉自己的眼睛。没错,死神正站在他的主人身边,接他走完最后一程。

"克里斯蒂安,"教授说道,"如果我走了,你独自一人留在地球上该怎么生活呢?我们一直都生活在一起,所以跟我一起走吧!"

"好的。"老仆人答道,"这可能是最好的安排。如果没有我,教授先生该怎么生活呢?教授先生的记忆力很差,总是找不到眼镜、鼻烟盒、手帕和雨伞,出去散步时总是忘了戴帽子、穿外套,所以最好带我一起走。而且,我独自一人留在这个世界又该怎么生活呢?"

"好吧,"死神说道,"老克里斯蒂安也时日无多了,那就这么办了!"

"好吧!"教授说着,从皮椅里站起身来,又猛吸一口烟斗,然后大步向门口走去。

"等一下!"克里斯蒂安喊道,"别忘了您的雨伞!今后我们再也买不到雨伞了!"

于是,死神带着他们大步流星地离开了,在一阵狂风中去往另一个世界。

"啊,您就是著名的平方根教授!"天神抚摸着白胡子说道。

"不，不，"教授摇了摇头说，"那不是我的名字，我只写了一本关于平方根的书。"

"原来如此！"天神说道，"是我搞错了。现在请跟我来吧，我会给您挑选一个靠窗的好位置，这样您就可以整天观察星星了。但请注意，我们这里禁止拜访其他教授，每一位教授都有独立的房间，如果教授们待在一起，肯定会吵个没完，而这里是禁止吵架的。您向左转，走到3号房间，里面还放着翅膀，您在这里生活必须要有翅膀。"

"唉！"教授叹了口气说道，"我现在还不想去天国。我能不能提一个请求？"

"噢，"天神喊道，"您可以给我说说您的请求，也许我能帮到您。"

教授忙说道："我一辈子都坐在望远镜旁，观察其他星球，现在我真想到一颗遥远的星球上去看看。"

"您想去哪颗星球呢？"

"我一直生活在距离太阳很近的地球上，现在，我想去距离太阳很远的星球上看看。比如说，天王星！"

"好吧，"天神说，"但那不是个好地方，您会被冻坏的。不过对于我来说，这件事完全没有难度！但我必须先跟您说清楚，您在那儿不能停留超过四个星期，因为您在地球上的生命已尽。这个人呢，他也想去天王星吗？"

"我更想去温暖的地方，远远地看一眼这些星星就行。"

老克里斯蒂安说,"但既然我的主人已经做了决定,那么克里斯蒂安肯定跟随主人一起走!"

"那好,你们就去门外等着。等一会儿,星空使者会将你们带去你们所选择的世界。四个星期后,他还会去接你们的,再见!等一下,别忘了您的雨伞!"

说完,天神消失了。

此刻,教授突然觉得自己被一双无形的手举了起来,耳边传来窸窸窣窣的声音,就像一种巨大的拍打翅膀的声音。紧接着,一阵狂风袭来,教授失去了意识,什么也看不见,什么也听不见。当他恢复意识时,就觉得双脚已经踩在地面,一个嘹亮的声音也在耳边响起:"如您所愿,您已经到达天王星了。这是您的雨伞。祝您好运!"

空气中又传来一阵鼓翅的沙沙声,那位隐形使者很快飞走了。

教授此时的第一感受便是刺骨的寒冷。天王星上的温度太低了,教授呼出一口气,立刻就被冻成了厚厚的冰柱,血管里的血液也快被冻僵了。教授别无选择,只能通过快跑来取暖。可是他却连一步也迈不出去。他的身体仿佛被灌了铅,重得连脚都抬不起来,他使尽全身力气,也只移动了一点点距离。

老克里斯蒂安撑着蓝灰色的大伞,费力地跟在后面,慢腾腾地挪动着。

"天啊,教授先生,"他叹了口气,停了下来,"这真是个悲惨的世界。这里太冷了,我们的身体又这么沉,简直就是在地狱啊。"

"克里斯蒂安,不要一开始就发牢骚。天王星到太阳的距离是地球到太阳的距离的十几倍,所以这里肯定要比地球冷得多。这是我事先就知道的。另外,天王星差不多要比地球大了一百倍,所以对其他物体的吸引力也要强得多,就好比大磁铁和小磁铁。这也就是为什么我们会感到身体如此沉重的原因。所有这些都是符合宇宙定律的。"

"那这些定律可是太棒了!"克里斯蒂安抱怨道,"可以把人的鼻子冻掉,让人的腿粘在地上!"

周围一片漆黑,只有星星在天空闪烁着。地上没有一棵树、一根草,也见不到人,远远望去,更没有光可以证明有人住在那边。天王星的世界似乎一片死寂,毫无生气。星球表面堆积着大量的冰块,正反射出淡淡的星光,原本的地表完全被覆盖了,根本看不到它的本来面目。这里的温度又极低,所以水根本不可能以液体的状态存在。

突然,地平线附近明亮起来,没过多久,便看到一轮非常苍白、暗淡的月亮升了起来。

克里斯蒂安抱怨道:"在这颗可怜的星球上,连月亮都没有什么用,它就像盏破油灯似的。"

"快看,"教授喊道,"第二个月亮升起来了。"

"是的,那里还有第三个,不过个头更小。这里的月亮似乎是一打一打的，太廉价了！"

"天王星一共有四颗卫星。在地球上，你可以用大型望远镜清楚地看到它们。"

"四颗月亮加在一起都没什么用！"老仆人抱怨道。

"住口吧，你这个傻瓜！"老教授愤怒地叫道，"首先，这四颗卫星要比地球的卫星月亮小得多，其次，太阳太过遥远，能照射到这里的阳光必然暗淡无力，它们的反射光就更微弱了。别喋喋不休地抱怨啦，你不能指望这里的一切都和地球上的一样。高兴一点吧，你现在所看到的，可都是别人没见过的东西！"

"在天上这三盏油灯的照耀下，这里的世界终于亮了一点儿。但是除了冰，我们什么也没看到，连个人影都没有。我们该想想办法取暖了！"

教授沉默不语，他的大脑正在飞速运转：是的，看来天王星上真的无人居住。他们又拖着沉重的身子徘徊了好一会儿，这时，教授突然停了下来。不远处，一束光从地下射出。果然，在地底下藏着一盏灯，更确切地说，是在冰下有一盏灯！

老仆人也看到了那光亮，于是两人步履蹒跚地向那光走去。没错，那里的地面有一个井口大小的洞，上面封着格栅，洞里还有一条闪闪发光的金属楼梯通向深处，四壁都装有照明灯。

"谢天谢地！"克里斯蒂安感叹道，"这里有照明灯，还有金属楼梯，肯定是有智慧的人类生活在这里，也许他们比地球人更聪明。"他看了一眼主人，发现教授已经在检查格栅，准备下去了。

"只能从里面打开，"教授说道，"格栅必须从内侧往外抬，估计是为了防止石头或冰块掉进洞里。但我敢跟你打赌，肯定有什么发送信号的机关，能告诉他们有人想进去，毕竟天王星人肯定也有从地下爬出来需要返回的时候吧！"

"我也是这么想的。"克里斯蒂安说道，"但如果我们不能尽快进去，就要被冻死了。我的四肢都已经冻僵了。刚才我的鼻子嗅到了从洞里升上来的热气。天啊，这该死的天王星，太冷了！"

"不要说了。"教授突然喊道，"我知道了。你看，那里有块金属板。我想，我们必须要踩上去，就会有人来打开格栅。"

"不过，这块金属板的形状真是奇怪。如果这是天王星人脚的形状，那他们一定是象腿鸭蹼！"

教授费了很大力气踏上了金属板——他必须将身体的全部重量都压在上面，才能将金属板压下去。这时，从地底深处传出一个奇怪的信号，听起来像雾角。很快，在井口附近响起了同样的声音。

"我好紧张，心里像在打鼓。"克里斯蒂安挠着头，不安地说道，"但愿没什么问题！我们手里除了一把伞，没有任何武器，教授先生！您别指望用一把伞来赢得一场战斗。最好的办法是,迅速把那个长着翅膀的使者叫来,把我们带回去!我多么希望,我们现在正待在天堂里,坐在观星台里也行啊!哦,对了,我忘记给窗前的那几盆花浇水了!"

"安静点儿,老家伙!"教授低声说道,"有人正往上爬呢!"

是的,一团黑影正从井底往上爬,现在还看不清楚那是什么东西。随着那团黑影逐渐进入视野,两个地球人的脸越拉越长,克里斯蒂安不停地颤抖着,像极了墙头的小草。

"天啊!"他喃喃自语道,头发像火柴似的,一根一根地立了起来,"一个怪物就要爬上来了!这简直就是一个东拼西凑出来的魔鬼啊!我可真想钻到地底下去!"

"嗯,嗯,"教授也小声说着,"还真是一个可怕的外星人!"

天王星人已经爬到了洞口。现在可以非常清晰地看到他的长相。

他比人类矮小,身高还不及人类四分之三;身体像一个有胳膊和腿的圆球,里面堆满了脂肪;腿像大象一样粗,脚形不规则,脚底平坦,像块铅板;两只粗壮的手臂从身体两侧伸出,双手分别有四根手指,手指间连着蹼,像极了蛙脚。

在这个球形身体的上方长着一颗奇怪的脑袋,没有脂子。脑袋几乎和身体一样大。一双巨大的眼睛非常显眼,深黑色,像果盘一样大。他的头上没有耳朵,有一根象鼻一样的嘴巴。

头上也没有一根头发。皮肤呈黑灰色,像海豹一样闪闪发光。

两个地球人惊恐地连连后退,天王星人似乎也被吓了一跳,用长鼻嘴发出奇怪的声音,听起来就像沉闷的单簧管音。

接下来,两个来自不同星球的居民在惊讶和恐惧中对视了很久。对天王星人来说,这两个陌生人生得十分丑陋,就像地球人看他一样。他用力地踩着信号板,紧接着,其他同类也匆匆爬了上来,直到整个洞口都被堵住了;他们僵硬地站在那里,一脸茫然。

后来,他们中走出一个人来。他的额头上戴着一块钻石般闪闪发光的石头。他用一盏灯照了照这两个陌生人,用像是音乐的奇怪声调对他们说话。当然,他们不明白他在说什么。

这时,教授急中生智地用手抓起一块冰,做出瑟瑟发抖的样子,又指了指温暖的井底深处。天王星人马上就理解了他的意思,因为他们自己也深受地表严寒的折磨。他们的首领打开了格栅,领着两个地球人下到了天王星的内部世界。他们越往下走,就越觉得温暖。一个巨大的地下世界逐渐呈现在地球人眼前——这里看起来像一个巨大的獾穴,每一层里都建有蜂巢一般的建筑。岩石中有很多街层,通过楼梯连接成一张庞大的地下网络。这里有许多房屋,确切地说,只是些凿出来的洞穴。街上到处都挤满了天王星人,就像蜂巢里的蜜蜂一样,岩壁上的洞穴里也住满了密密麻麻的天王星人。

虽然,这些街道都既狭窄又低矮,但一种奇怪的人造光却将街道照得非常明亮。路上还有一些小巧灵活的轨道交通工具正不停地穿行，几乎无声无息。下面的空气很新鲜，一切都非常整洁。

当然，以上这些景象是这两个地球人后来花了相当一段时间才搞清楚的。现在，天王星人正带着他们通过狭窄的升降通道，来到下一街层，坐上一节灵活的轨道车。因为天王星人都很矮，所以车子的设计并不适合高个儿的人乘坐，教授和仆人不得不坐在地上。一路上，教授看到数不清的天王星人，但没有一个的身高超过地球上的六岁孩童，但他们的力量肯定超过了最身强力壮的地球人。

车子迅速滑过悠长的街道，在巷子的尽头停了下来，接着便像电梯一般，慢慢往下降。他们又下降了几个街层，到达了几百米的深处。此时，额头上戴有钻石的天王星人又指挥着车子转入了另一条街道。这条街比其他的宽敞不少，岩壁上悬着华丽的装饰和奇怪的标志。最后，车子在一处富丽典雅、灯火辉煌的地方停了下来。许多天王星人围了上来，当教授和仆人下车时，大家都感到非常惊讶，纷纷发出奇怪的单簧管音和嘈杂的谈话声。这时，两个地球人还第一次看见了天王星女人。她们比男人更矮、更圆，穿着奇怪的发光长袍，看起来像是用彩色玻璃线织成的。当她们看到奇形怪状的地球人时，神色异常惊恐，连连退后，象鼻子里发出了怪异的叫声。

"天啊，"克里斯蒂安说道，"她们可真难看！就算给我金山银山，我都不会娶她们这样的女人！"

额头上戴着钻石的天王星人示意同类把路让开，人群立刻乖乖腾出了地方，随后，教授一行便进入了天王星的政府大楼。他们穿过灯火通明、装饰精美的岩石走廊，最后被带入一个房间。只见，几个衣着华丽的天王星人端坐在厚厚的软垫上，额头上都戴有几块闪亮的宝石，因为他们是这儿的高官。坐在正中间的那个头上戴着王冠的人便是天王星帝国的国王。

众人见到两个奇怪的地球人后纷纷交头接耳，象鼻激动地摇晃着。随后，最先看到这两个陌生人的格栅守卫对所发生的一切进行了详细汇报。国王招了招手，让这两个陌生人走近些。终于，教授获得了机会，可以尝试与他们进行交流了。

"克里斯蒂安，"教授在路上对他的仆人说道，"天王星人能建设出这样的轨道、街道、衣服和灯火，肯定对星星也有一定的了解，这里说不定也有天文学家，我肯定可以和他们进行交流！"

教授把手伸进口袋，掏出纸和铅笔，开始画星星。他画出了许多星座，如大熊星座、猎户座等，因为这些星座在天王星上和在地球上看起来没什么区别。天王星人瞪大眼睛仔细看着，突然，他们的象鼻发出了惊讶的声音。是的，他们已经明白了。他们指了指上面，指了指天花板，又指了指天空。很快，国王招来了一个仆人，叫他去传达一个指令。

"我敢打赌，克里斯蒂安，他们已经派人去找天文学家了。"教授说道，"天王星人的脑海中已经闪现出了这样的想法：我们是来自其他星球的生物！"

"听啊，这简直就像场单簧管音乐会。"老仆人克里斯蒂安说道，"如果我给那群铜锣眼天王星人吹上一小段口哨，比如《宝宝快睡吧》之类的曲子，又会怎么样呢？我猜，他们也会认为那是我们的语言！"

此时，房门又被推开了，方才出去的仆人带着一个人走了进来。任谁都能一眼看出，这个人年纪很大了——海豹般的额头上长满了皱纹，呆滞的眼睛上戴着的肯定是某种类似眼镜的东西。他佝偻着腰走近了，手里拄着一根粗大的金属棍。

"天啊，"老克里斯蒂安说道，"他一定是天王星上的天文学教授。是的，我觉得所有星球上的教授看起来都是大同小异。好吧，但他绝不会像你那样乱放眼镜，一会儿放在糖罐里，一会儿又放到信箱里，还把要寄出的信揣在口袋里！因为天王星教授的眼镜太大了，随处乱扔会把人绊倒的！"

只见刚刚进来的人恭敬地向国王行了个礼。显然，他已经听说了奇怪的外星生物到来的消息，现在正通过眼镜观察他们，就像我们观察一只罕见的甲虫一样；他的象鼻上下摇晃，发出了一种咕噜咕噜的叫声。

教授突然把画着星星的纸片举到他眼前。果然，这位博学的天王星天文学家一下子就认出了它们，并惊讶地对着周围的人说着什么。教授指了指星星，又指了指自己，尝试用各种方式告诉他，他和他的同伴是从其他星球而来。

天王星的天文学家跑到了外面，不久后又回来了，还带来了一个大金属盒，盒子里放满了精细的金属薄片，金属片上印着红色的图画，类似于天体图册。他拿出其中一片金属薄片，上面画着太阳和围绕它运行的所有行星。教授用手指了指天王星，然后又指了指周围的人。所有人都表示出赞同的样子。是的，他们的确生活在遥远的天王星上。随后，教授指着自己和克里斯蒂安，然后又把手指放在星图上那更靠近太阳的位置，没错，那正是地球。

这位外星天文学家已经理解了他的意思。他发出了惊讶的声音，并向在场的人解释说，这两个奇怪的生物来自太阳附近的温暖行星——那是一颗遥远的小行星，在天王星上，即使用最好的望远镜也很难观测到。

他们迫不及待地尝试着交流了很久，但此时的克里斯蒂安早已饥饿难耐，于是他轻扣了几下肚子，并将手指伸进他张开的大嘴里。他只希望天王星人能明白他的意思。

"亲爱的教授先生，已经废寝忘食了。就算死了也不觉得。"他满腹牢骚地抱怨道。

所有人都站起身来。显然，不知不觉间也到了他们的睡眠时间，街上已经十分寂静了。两个地球人被带到了一间温暖的卧室，里面放着奇怪的家具，床上铺着软垫；仆人送来的触感温暖的金属碗里，盛着各种食物，味道不错，但似乎不像农作物，对于地球人而言也有点肥腻。

他们吃饱喝足后，所有天王星人都退了出去。于是，他们四仰八叉地倒在了床上，畅谈起这次奇怪的经历。

"教授先生，您能不能给我解释一下，为什么天王星人长得如此丑陋？"克里斯蒂安一边说着，一边用块麻布做了一顶睡帽，这个老家伙不戴睡帽就睡不着觉，"我肯定会整夜都做噩梦。以前，我和教授先生在非洲时看到了那该死的巨型蜘蛛蟹，我就做了整夜的噩梦！"

"哦，克里斯蒂安！"教授摇着头喊道，"你怎么还是那么冥顽不灵！怎么说我都是个博学的人，你都跟了我三十年了！在天王星人看来，我们就像他们对于我们一样丑陋。你必须记住，自然界赋予每一种生物的形态，都是与其生存环境最匹配的。所以，水里的鱼会有鱼鳍，并用鳃呼吸；空中的鸟会有翅膀，从而可以展翅飞翔；而山里的猛兽会有灵敏的嗅觉，这是为了方便搜寻猎物。现在我们来分析一下天王星人的长相，克里斯蒂安！天王星是一个寒冷而黑暗的世界，从太阳那儿捕获到的热和光少之又少。所以天王星人的眼睛非常大，以便更好地捕捉光线。这里的空气密度非常大，对声音的传导能力强，你肯定也注意到了，我们的声音在天王星人听来非常洪亮。所以天王星人就不需要再像我们一样在脑袋上长出耳郭，来增强接收声音的能力了！"

"那他们为什么会长出长鼻呢,教授先生?他们的鼻子就像动物园里的大象一样,能从地上捡起钱币!我记得有一次,巨无霸大象还卷走了教授先生的拐杖雨伞呢!"

"视力不佳的生物,自然界通常会给予它们好的嗅觉。所有长鼻动物都有很好的嗅觉,但它们的视力都不太好。尽管这里的人都长着一双大眼睛,但天王星上非常黑暗,他们依旧不能看得真切,所以他们需要大长鼻。

"他们又胖又圆,身上堆积着一层厚厚的脂肪。你再想想看,像我和你这样的瘦子在天王星上很容易受冻,而生活在地球北极地区的因纽特人也非常胖,他们常年摄取大量脂肪,这样可以更好地御寒。所以说啊,一切都是最好的安排。此外,天王星人还非常强壮,粗短结实,那是因为天王星的引力非常大,所有的东西都要比在地球上重,做任何事情都要花费更多力气,比如举起一块石头,走几步路等。因此,大自然赋予了他们更强壮的骨骼和肌肉!

"你看啊,所有奇怪的事情都是可以解释的。我们在这里再多待些时间,就可以了解更多!对了,有一件事我可以确定:没有人生活在天王星的地表,是因为那儿非常黑暗寒冷;人们把城市建在地底深处,是因为那儿温暖。其实,在地球上也存在同样的情况,越接近地底深处,温度越高,比如,你越是深入矿井,就越能感受到温暖。在这里,也是同理。到了明天,我们一定要好好再了解一下!"

"等到了明天，或许我们还会爬上地表呢！白天的时候，天王星上肯定阳光明媚，温暖如春，教授先生！"

"那你可要等很久很久了，克里斯蒂安，或许二十年后，你才能等到这里的白天，如果你把所见的暗淡阳光称为白天的话。在天王星上，我们所处的这个区域大约有四十年的白天和夏天，接着就是四十年的夜晚和冬天！"

"啊？这颗星球太疯狂了！"克里斯蒂安叹道，"整整四十年看不到太阳，像泥鳅一样生活暗洞中，接着又要过整整四十年白昼？天啊，我是没有办法在这儿待着的！如果有人在黑夜中出生，又在四十岁时死去，那么他一辈子都看不到太阳。想想那无数个漫长的夜晚，这里真只配给那种大懒汉居住！"

"不，克里斯蒂安，聪明的天王星人在地下生活会使用人造光，还会按照对于他们而言舒适的时间长度来对夜晚进行划分，以此分割工作时间和睡眠时间。我们现在所处的位置是天王星的南极附近，天王星绕太阳转一圈需要八十四年，也就是说，南极向着太阳转四十二年，接着便轮到北极，也向着太阳转四十二年。刚刚天王星天文学家明确向我表示，我们正在南极附近，而且还处在四十二年的黑夜之中。因此，如果我们想看到太阳、地球，那么必须到另外一个半球去。我们明天就打算这么做，还会有天文学家和一位高级官员陪同。现在，我们就好好睡一觉吧。我已经累得不行了，克里斯蒂安。"

于是，他们各自翻了个身，正当他们把头放到枕垫上时，天花板上的灯也跟着熄灭了。

  不知过了多久，一阵悠扬的乐音叫醒了这两个地球人；音乐持续了三分钟，响彻了整个天王星世界。这是宣布新一天正式开启的信号。他们从床上坐起身来，灯光也随之亮了。克里斯蒂安先在房中转了一圈，用他的话来说，就是进行了一次"发现之旅"。他激动地发现，这里有他们所需要的一切。在旁边的一个房间里，温水正源源不断地流入一个从岩石上凿出的水盆，而在后面的一个房间里则摆放着一张矮桌，地板上铺着垫子。原来，由于天王星人非常矮小，加之在岩石中开凿走廊、住所和道路是一项异常艰巨的工作，所以这里的建筑设施都建造得尽可能低，教授和他的仆人也只能弯着腰走路。天王星人习惯于垫一个垫子坐在地上，而这两个地球人因为空间的限制，也不得不席地而坐。此时，他们正坐在餐桌前吃早餐。他们惊讶地发现，人们在这里的生活很舒适。热水温着几壶液体，尝起来像肉汤；水中还温着一个金属匣子，里面放着几个小馅儿饼。克里斯蒂安品尝后啧啧称赞，这些食物是那么美味！

  "热水似乎在这个世界万分宝贵。"教授说着，嗅了一下鼻烟。"如果我把烟斗带来就好了，"老仆人抱怨道，"如果教授先生允许的话，能给我闻几下鼻烟吗？我的烟瘾犯了。"

  "看来，"他的主人说，"这里的人都是不抽烟的，可能是为了保持空气的纯净。在这样的地下城市中，想要呼吸新鲜的空气，可不是一件容易的事情。你看，天花板上的巨大缺口处有个发出咕噜咕噜怪声的东西，我猜那一定是通风机。我们下到这个地下世界的竖井应该就是一个通风管道。"

突然，房门上方亮起了一盏红灯。紧接着，天王星天文学家带着另一个人进入房间，他的额头上戴着三块宝石，这是天王星高级官员的象征。他们用手指在那闪亮的额头上轻叩了数次，并发出尖锐的类似小号的声音，以此来欢迎客人。这两个地球人试图入乡随俗，模仿他们的动作作为回礼——教授有着同样闪亮的光头，倒是颇为得心应手。天王星人比画着，询问了客人们是否睡得好、吃得好后，向他们明确表示，他们现在可以启程前往北半球了。听完，教授又开始翻找他的眼镜了，最终，还是克里斯蒂安在睡袋里帮他找到了。"他又开始乱放眼镜了！"老仆人埋怨着。接着，他们就正式出发了。

他们一行人先登上了一辆特别的小型轨道车，这种车就是为了长途旅行而专门设计的。车子呼啸而去，速度极快。他们时而直行，时而垂直深入到地下，以最便捷的路径前往目的地。在车中，靠着手势和草图，天王星人给教授他们详细地解释和描述了这个奇特的世界。由此，教授了解到了以下情况：

目前，没有人生活在这颗行星的表面，那里太过寒冷，长夜漫漫，高级生命无法健康存活。在最温暖和最明亮的赤道地带，发现了一些人类的痕迹；那是在远古时期，地表还很温暖，因为彼时行星内部的火海还在靠近地壳的地方熊熊燃烧，就像一把大火在烘烤着餐盘。而现在，只有少数拥有厚重皮毛的动物还生活在赤道地带，以稀少的地衣和苔藓为食。

几千年来，天王星人一直生活在地下。一座座城市纵向分布，依层而建。城市的位置越低，就越温暖。空气通过竖井中的大型空气泵输送下来，废气则用大泵向上压出。

竖井经由地底的城市一路向下通往异常炙热的地方。地下泉水和湖泊也通过管道被输送到那里，进行蒸发；产生的蒸汽就可以用来驱动机器。岩石中随处可见的金属矿藏被用来制造各种器皿。巨大的地下洞穴中生长着毡状地衣，可以用来织布、做衣服。洞穴里还饲养着奇特的动物，大多长着厚厚的皮毛。在温暖的湖泊中，有鱼和贝类，以及可供食用的虾类等。整体说来，天王星人的地下生活相当舒适；也没有人能想到，还有其他什么生存方式，毕竟，习惯会让人感到幸福。

教授详细地记录了这里的一切。"回去后，我要写一本关于天王星的书。没准还有机会把书带到地球上去，让我的同事好好羡慕一番！"他愉快地说道。

接着，教授同样通过手势和草图讲述了地球的情况，以排解旅途中的烦闷。一路上，轨道车经过了许多地方，他们看到了矿井，巨大的洞穴，洞穴里还藏有湖泊。一次，车子行进至地心深处附近，教授和他的仆人被烤得头晕目眩，坐立不安。"天啊！"克里斯蒂安哀号道，"难道我活了一辈子，临了了,还要像鸭子一样被烤熟吗?"

几天后,一行人终于抵达了目的地。天王星的高级官员表示,他们可以去地表看看;在北半球,是可以看到太阳的。于是,每个人都裹上了一层厚厚的毛皮,通过竖井往上爬。越往上爬,温度就越低,最后,他们终于抵达了格栅,走了出去。

是的,这里现在是白天,也是夏天!但这里的"白天"和"夏天"也太奇特了!昏暗的暮色笼罩着这一片冰雪天地,地球上的月光都比这耀眼。天空中繁星点点,地平线附近的一颗星星特别闪耀,那是太阳!

"那是太阳,可爱的太阳!"教授叫道,用他的伞指向那颗奇妙的星星,"在它附近悬着的肯定是我们的地球!"

"什么?那颗星星居然是我们光芒万丈的太阳?哦,它怎么变成这样了!"克里斯蒂安感叹道,"我们的地球又在哪里?"

"从这边的视角看,它非常接近太阳,所以就被太阳的光芒掩盖了。只有通过大型望远镜,我们才能看到地球!"

天王星天文学家向他们招了招手,又往前走了一段路,就看见一架望远镜出现在眼前,这是为远道而来的客人专门准备的!当然,这架望远镜看起来与地球上的望远镜很不一样,其中的镜片是由大型金属镜片制成的。望远镜正对着太阳,天王星天文学家上前调试了一会儿,开始寻找那颗小小的地球。

过了一会儿,他把教授拉了过去。教授通过望远镜,看到天空漂浮着一个微微颤动的光点,这就是地球!

克里斯蒂安失望地喊道:"这个看起来就像从我的烟斗里飞出来的小火星就是我们的地球?我还以为我可以看到我们的房子、观星台,还有窗前的那盆花呢!那些花可能都枯萎了吧!我的天哪,这居然就是地球!"

"是的,这就是地球。"教授肯定地说道。

"唉!我多么希望我们能回到地球啊!我就又可以用炉子把教授先生的拖鞋烘干,还可以在花园里一边抽着我的烟斗,一边阻止那群捣蛋鬼把破煎锅绑在猫尾巴上!"

谁知,半空中突然响起一阵沙沙的轰鸣声,一个长号般的声音从云端传来。两个天王星人被吓坏了,他们的眼珠像保龄球一样来回滚动着,长长的鼻子惊恐地在空气中嗅着。随后,他们拼命地逃回竖井,不见了。

空中的声音又响了起来。

"地球之子,你们在哪里?你们的时间到了!"

"天啊,"克里斯蒂安轻轻地在教授耳边说道,"是长着翅膀的使者,星空使者想带我们回去了!"

"但我不想回去!"教授愤怒地喊道。

这时,一只巨大的手掌捉住了他,教授吓得把伞都掉在了地上,身边瞬间闪现出刺眼的光亮。过了一会儿,他惊讶地睁大了眼睛。

"我不想去天国！"他又喊道。

"教授先生难道想下地狱吗？"他身旁传来老仆人的声音。

"胡说！我想留在天王星上！"

"在天王星上？教授先生是怎么去到天王星上的？"

"克里斯蒂安，你这个大笨蛋，你是不是疯了？我们现在就在天王星啊！"

"抱歉，教授先生，我现在在地球上！"

"什么？你是怎么去到地球上的？"

"就像教授先生一样！完全没有得到我的同意，某一天，我就在地球上出生了！教授先生，您没事吧？没有生病和发烧吧？您这样让我很害怕！我躺在里间的沙发床上，突然听到您在大喊大叫。我赶紧跑过来看，发现您窝在望远镜旁的椅子上睡着了。天快亮了，太阳肯定也快出来了。教授先生似乎做了一场大梦！"

"做梦了？我只是做了个梦？对了，我的雨伞不是掉在天王星上了吗？"

"雨伞还在门边的角落里，教授先生！"

"没错，"博学的老先生四肢僵硬，艰难地从皮椅上起身，"没错，那么这就是一场梦！"

说完，他揉了揉眼睛，摇着头走了。